中公文庫

オートリバース

高崎卓馬

中央公論新社

目次

オートリバース

——ねえ、小泉、
高階、死んじゃったよ。

蝉《せみ》はまだ夏休みが終わったことを知らないようだ。うつむくとダラダラ吹き出す汗が目尻から入り込んでくる。

「中二でよかったばい。中三やったら大変やったやろ。福岡と千葉は受験問題ば、だいぶ違《ちご》うて難しいらしいけん、しっかりせんと」

母親の博多弁が嫌いだ。千葉に引っ越してきたのだから少しは変わろうとしたらいいのに、近所の買い物でも、挨拶でも、おかまいなしに博多弁を使うその神経が信じられない。

「行儀よくしときいよ」

どっちがだ。橋本直《なお》は不機嫌にまかせて返事をしなかった。

ゆるくて長たらしい坂を登りきるとようやく校門に辿り着いた。松戸市立第六中学校、いったいこの町はいくつ中学を作る気だ。松戸は都心からそう遠くない新しいベッドタウンで、つぎつぎと建てられる団地のせいで人口が爆発的に増えている。第七、第八、第九、増えたら増えただけ数字を足していけばいいということか。まるで家畜の飼育小屋。大人は自分たちを家畜ぐらいにしか思ってないんだ。直の不機嫌は、吹き出る汗と同じで止まりそうになかった。目に入る汗を拭いたくても、もうシャツに乾いた場所はない。背中に張りつく布地をはがすのはとうに諦めた。

　古い校舎の奥にいびつに増築されたプレハブが見える。そこも教室みたいだ。だだっぴろい校庭で世間から隔離されたその建物のかたまりは、まるで鑑別所だ。見たことはないけど。やけに広いその校庭に日陰らしい日陰はひとつもなくて、これからそこを歩くのかと思うとうんざりする。母親は「日傘もってくるんやった」と文句をたれながらゆっくり坂をくだりはじめた。日傘なんて洒落たもの、もってないくせに。ただの雨傘だろ。

　足元がそわそわする。嫌なことが起きる前兆、よく知ってるやつだ。ゆっくり視線を落とすと汗が道路にひとつ落ちて、アスファルトは水に飢えた獣みたいにそれを吸った。影が薄い？　強い日差しの反動で黒々としている母親の影に比べると、自分の影が薄いグレーに見える。そもそも影に濃淡なんかあるのか？　あたりの木やら他のものの影を見回したがそこまで薄いのは自分の足元の影だけのようだった。気のせいでも、目のせいでもなさそうだ。ということは暑さでおかしくなったのか？　後ろをついてこない息子を怪訝《けげん》な顔で母親が振り返る。本能がそのおかしな影を、校門の大きな黒い影のなかに隠した。

「大丈夫やけん」

母親は直が新しい学校にビビっていると思ったようだ。ビビってなどいない。何も期待していないからビビる必要もない。興味をもたれたくないし興味もない。福岡でそうやって生きてきたように、こっちでも息を殺して身を屈《かが》めて生きていけばいい。

「急な転校やけど長い目で見たらたいしたことないけん」

見当違いは続く。訂正する気にもなれない。歩き出した母親の後ろを、振り返られない程度に少し距離を取りながら直はついて歩いた。影はやっぱり薄い。そしてそれがなんだか包茎くらい恥ずかしいことのような気がしてきた。

今ごろあっちの中学ではきっと元担任が「残念なお知らせがあります」と、まるでプールの改装工事の延長でも伝えるみたいに、自分の転校を報告しているに違いない。どうせもう関わることのない奴らがほとんどだ。そう考えるとそっちの世界では自分は死んだも同じだ。逆にこっちからすると、もう会うことはない奴らは全員死んだも同じなんだから。自分の薄い影を見ながら一体これがいつからなのかを考えた。気がつかなかっただけで、もしかすると生まれたときからそうなのかもしれない。自分は宇宙人かなにかでこの星の人間たちとは根本的に違うのかもしれない。それか死んでしまったことを自覚していない霊かもしれない。世界には「影の薄い族」が秘密の国を作っていて自分はいつかそいつらと出会うのかもしれない。そのどれかだとしたら、諦めていたこの世界の居心地の悪さにも納得がいく。

　薄暗い廊下のガラスには全部、ガムテープで×がしてある。それが何かの呪いのようで薄気味悪い。悪霊でも封印していて、このなかのひとつを剝《は》がしたら世界が呪われて破滅に向かったりして。あの奥の教室はそういえばあそこだけ空気がよどんでいる。閉じ込められた悪霊がドアの向こうで耳をこすりつけながら、そうと知らない生贄《いけにえ》がやってくるのを待っているに違いない。たいして面白くもないこんな世界なら、悪霊くらい解き放ったほうが刺激があっていい。やってやろうかな。

「珍しく今学期は二人だけなんですよ。一年生は十人いるんですけどね」

　ハゲ頭の学年主任が職員室の横の応接室のドアを開けながら言った。ハゲ頭は奥のソファに座った母親のはだけた胸元をじっと見ながらゆっくり座る。母親はそのねっとりした視線に気がついていないふりをして自分の膝に手をおいて言った。

「この子、何考えているかほんとわからなくて」

　そして博多弁を隠した。母親の横顔が女の顔に見えて吐き気がする。

「センセ、あのガムテープ、なんですか？」

「あぁ、あれ、校内暴力対策といいますか」

「校内暴力？」

「うちだけじゃないんですよ、ほらニュースでもよくやっているじゃないですか。うちも何人かそういう生徒がいましてね。ガラスを割ったりするもんですから、飛び散らないようにって」

不良か。福岡にもそういう奴らはいたが、関心をもたれないようにうまく生きてきた。背も高くもないし、ガリ勉でもないし、球技も上手くも下手でもない。たいした特徴のない自分でよかった。空気のように、そこにいることをみんなが忘れるようにしていればいい。そうやって一日を過ごすのは全然苦じゃない。

「もうひとりは遅刻みたいですね」

ハゲが若い男を手招きした。

「福岡からのほら、橋本くん、よろしくね」

他人に興味のなさそうな背の高い細身のその男が担任らしい。直は小さく会釈した。男はさらに小さく母親に会釈して直にはボソッと「行こうか」と言った。

「センセ、福岡と千葉だとカリキュラムだいぶ違うんですよね」

母親がハゲにいらぬ質問をはじめた。楽しそうに笑っちゃって。誰のせいで転校なんかしたと思ってるんだ。

プレハブの二階にあがると風が完全に死んでいる。太陽をまともに浴びた教室は、まるで真夏のビニールハウスだ。うだる空気のなか、生徒たちは陽に焼けてしおれたキャベツにしか見えない。

「自己紹介、一応しようか」

担任が直をみんなの前に立たせた。目立たないように適当にすませればいい。「残念なお知らせがあります」みたいなテンションでしゃべればどうせみんなすぐに忘れる。

「遅れましたっ！」

突然、能天気な声が場違いに響いて、しおれたキャベツたちが何事かと少し動いた。誰だ？　ハゲが一緒にいるということはさっき話に出ていたもうひとりの転校生か。そいつは遠慮なく黒板の前に立って、直にじっと目をあわせると歯を豪快に見せて笑った。直は無視して予定通りの小さな声で自己紹介をすませた。

「福岡から来たハシモトナオです」

するとそいつは直が言い終わらぬうちに割りこんできた。

「タカシナヨシヒコ、親が離婚して再婚したんで、まだこの名前に慣れてませんっ」

ザワッとする教室のなかで、直は変わった自己紹介をするその男の横顔を見た。背が高いくせに女みたいに肌が白くて綺麗な顔をしている。

「本当のこと言って何が悪い」

そいつはまた歯を見せて笑った。足元の影が黒々としている、嫌味なやつだ。こういうやつといると自分の短所が目立つだけだ。直はそいつの直視に耐えられず視線を外した。

事件は昼休みに起きた。高階のまわりをいつのまにか立派なリーゼントが数人囲んでいる。

「顔貸せや」

「いくらで？」

せっかくの圧力が意に介されず、不良たちはさっそく面子《メンツ》を潰された。

「ふざけんな」

「ただじゃ貸せないなあ」

「ふざけんな」

「ふざけてませんけど」

あきらかな挑発。こうなると不良のやることはひとつだ。

「おいっ」

ひとりが高階の机を軽く蹴って威嚇《いかく》する。横からもうひとりが三白眼《さんぱくがん》をして高階に顔を異常に近づける。猿みたいだと直は思った。転校生を的《まと》にするのは不良たちの自然な儀式だ。高階のようなタイプはとくに目障りで最初にしめておこうと思うのは無理もない。自分は目立たぬようにしておいてやっぱり正解だった。直は無関係を気取って校庭を見た。しまい忘れたサッカーボールがひとつ転がっている。空気が抜けていびつな形。蹴っても思わぬ方向にいくだけのなんの役にも立たないほとんどゴミ。自分みたいだ。

「転校してきたら挨拶しろやっ！」

　猿の雄叫《おたけ》びが聞こえる。とばっちりを受けたくない他の生徒たちは誰もそっちを見ない。高階を囲む不良の数がいつのまにか増えている。どうやって切り抜けるつもりだ？　直は泣きながら謝る高階を想像した。その時だった。高階は目の前の猿をまるっきり無視して、その奥に立つ赤いスウェットの大柄な男を予備動作なしでいきなり殴りつけた。長いきれいな腕だ、と思った。不意を突かれた赤いスウェットの男は大きな音をたてて机と一緒に倒れる。いきなりのことにリーゼントたちが身動きできないでいると、間髪をいれずに高階はそいつに馬乗りになって鼻だけを素早く数発殴った。そして鼻血にまみれてあっという間に戦意を喪失した赤スウェットの頭を摑んで「まだやる？」と言った。半笑い。赤スウェットは首を横に振るのがようやくだった。高階の目線が直をつかまえると、最初の自己紹介のときみたいにしばらくじっと目の奥のほうを見てから言った。

「お前も殴っとく？　こいつたぶんボス猿だぜ」

不良たちが一斉に直を見る。その視線を振りほどくように直は首をブンブン振った。

「転校したら挨拶しろって言うからさ」

直はまた首をブンブン振った。その様子に高階がくっと笑った。

「じゃ、これあいつのぶん」

高階がもう一発、赤スウェットの鼻を殴った。

「お前らさあ、俺のことほっといてくれるかな」

そう言いながら高階は赤スウェットに馬乗りになったまま、ボスを失った猿たちをゆっくり見回した。

「俺のことほっといてくれるかな？」

猿たちが答えないのでもう一度大きな声で言った。「わかった」、赤スウェットが唾と一緒に血を小さく吐いたあと答えた。

「オッケー。じゃあそういうことで」

やったことのわりに随分軽い口調で高階は立ち上がる。そして「悪かったな」と赤スウェットに手を差し出した。赤スウェットはその手を無視して立ち上がり、教室をふらふらと出て行った。気勢をそがれた不良たちもその後を追う。するとしばらくして、静かになった教室の後ろのほうから小さな拍手が起きた。それはすぐに数人に広まって少し太めの男がみんなを代表するように言った。

「ありがとう」

「え？　なに？」

「アイツらに苛《いじ》められてたから」

「うーん。そういうんじゃないんだけどなあ」

　ま、いいや。高階は本当にどうでも良さそうに自分の席に戻った。そして、やたら大きな欠伸《あくび》をすると、両手を前に突き出してうーんと伸びをしたと思ったらそのまま突っ伏して動かなくなった。眠ってしまったみたいだ。高階の強い存在感のおかげもあって、直の存在はクラスでほとんど忘れられていた。すぐ後ろの席で直は、スーッスーッと静かな寝息を立てて上下する若くて大きな狩猟犬のようなその背中をぼんやりと眺めていた。同じ日に転校してきたこと以外、自分とこの男にはどこをどう探しても共通点は見当たらなかった。

1981年9月3日

ザ・ベストテン　第187回

1　白いパラソル／松田聖子
2　ハイスクールララバイ／イモ欽トリオ
3　守ってあげたい／松任谷由実
4　まちぶせ／石川ひとみ
5　ブルージーンズメモリー／近藤真彦
6　長い夜／松山千春
7　キミに決定！／田原俊彦
8　メモリーグラス／堀江淳
9　もしもピアノが弾けたなら／西田敏行
10　みちのくひとり旅／山本譲二

＊

それから直は学校には行ったり行かなかったりだった。家にいたくないときに学校へ行き、学校に行きたくないときは家にいる。どちらも自分の居場所じゃない。その日もまだどうするか決める気にもなれず、誰もいない居間でつけっぱなしのテレビをぼんやり眺めていた。厚化粧のレポーターが金切り声をあげている。滋賀かどこかの中学生が車を盗んで隣の中学の校門につっこんだらしい。「どうすれば校内暴力はなくなるのでしょうかっ」、そう繰り返すワイドショーは「もっと派手なことしたらテレビでやるぞっ」とどこかの猿をあおっているようにしか見えない。檻のなかの獣をけしかけて、吠えたら銃で撃つのと同じだ。銃で撃つ理由をつくりたいだけだ。下品な好奇心の銃口を向けながら大人は巧妙に猿たちが獣になるよう仕向けている。猿たちは頭の中身も猿だから、それが罠だとまるで思わずに自分の心の歪《ゆが》みのままに吠えてしまう。馬鹿だ。そうやって校内暴力はブームになっていく。テレビにネタを提供して、ワイドショーから売れる小説が生まれて、それがくだらないドラマになって、人気のタレントがリーゼントで悪態をついてみんなが喜ぶ。

校内暴力はいつ自分に火の粉がかかるかわからないし、もちろん嫌いだったけれどいいこともあった。そのおかげで学校はいくら登校しなくても出席扱いにしてくれる。つまりそれは問題を起こしそうな不良は学校に来てくれるな、という意味だった。

「学校行かんでよかとね」

自分も布団から出てこないくせに母親が言った。

「……試験休み」

「先週もそう言いよったやん」

適当な嘘がバレると面倒な気持ちが一気に膨らんで、直は無言で家を出た。授業はとうに始まっている。どうにも学校に行く気にはなれない。とはいえ駅前のゲーセンもまだ開いていない。線路沿いを少し行くと途中に小さな神社がある。春日神社だ。そこを通り抜けると学校へだいぶ近道になるいつもの道だ。鳥居をくぐると奥に荒れ放題の小さな境内がある。朱色の壁はペンキが剥げて安っぽい木目が見える。どう見ても神様のいない、空き家の神社だ。自販機の横のゴミ箱を誰かがひっくり返したのか、空き缶が死ぬほど転がっている。直はアルミの空き缶を見つけてはそれを縦に思い切り踏みつけペタンコにしはじめた。カクンッ。カクンッ。想像しているよりずっと軽くペタンコになる、頭と体がズレるこの妙な感覚は飽きない。ただ、いくら缶を潰しても時間は同じようには潰れてくれなかった。その時、奥のほうにある見慣れぬ自転車に気がついた。誰かいるのか？　直は缶を踏むのをやめて息を殺した。ゆっくり近づくと、縁側に土足のまま寝転ぶ学生服が見える。にょきっとしすぎてバランスの悪い長い足、どこかで見た白い肌、高階だ。『ボム！』を食い入るように見ている。エロ本のコーナーにあるせいで、直がいつも買うのに苦労するアイドル雑誌だ。あの日からとくに口をきいたりしていないその相手に戸惑った。どうするか。カコン、転がっている空き缶をうっかり蹴って音をたててしまった。

「……」

直に気がついた高階が『ボム！』を閉じて何も言わずにじっとこっちを見ている。沈黙に耐えられず直は「学校行かないの？」と聞いた。すると高階は「行っても行かなくても変わんないからな」と言って体を起こした。

「お前、名前なんだっけ？」

「橋本」

「下は？」

「ナオ。直線のチョク」

「ふうん、じゃあチョクでいいか。俺は高階。タカシナ。この名前、慣れたいからタカシナって呼んでよ」

そういえば最初の日に親が再婚して自分の名前に慣れていないって言っていたことを思い出した。

「……名前が変わるってどんな感じ？」

「どんなって？　なんで？」

「……うちも親、離婚しそうだから」

「大したことないけど、でも」

「でも？」

「ゲームで命もういっこ使う感じ」

「？」

「なんか人生をチャラにするような感じかな。気のせいだろうけど」

「……ふうん、悪くないね」

「チョクはさ、松田聖子好き？」

高階は話を変えたかったみたいで、突然『ボム！』を指差した。表紙のなかで松田聖子が小首をかしげている。ぶりっ子だ。

「河合奈保子《なおこ》のほうがいい」

「だよな！　俺もそう！　なんかさ、松田聖子って人形っぽいんだよな、歌はいいけど」

「河合奈保子のほうが胸でかいし」

「松本伊代は？」

「変な声だし、胸もないからいまいち」

「だよな！　歌はいいけど声がな。この河合奈保子見ろよ」

そういうと高階は『ボム！』のグラビアのページをめくった。白いビキニの河合奈保子がいる。

「ここさぁ、太陽に透かすと乳首見えんだぜ」

「嘘っ？」

「見てみろって」

高階から『ボム！』を借りてそのページを太陽に透かした。裏のページの文字が透けているだけだけど、目を細めたらたしかに乳首に見えなくもない。それを言うと「イマジネーションだよイマジネーション。つまんないこと言うなよ」と目を細めたまま高階が言った。「ごめん」と謝ると「真面目すぎ」と笑った。歯を見せて笑うその顔が今日はこの前ほど嫌味に見えない。相手の目を覗き込むのは高階のクセみたいだ。今日は直は目をそらさなかった。高階の瞳は穴のまわりが薄いエメラルドグリーンをしている。

「オニヤンマと同じ目だ」

直がそう言うと高階が怪訝な顔をした。

「何？　それ」

「こんくらいあるでかいトンボ」

直は手のひらを大きく広げてみせた。

「知ってるよ、オニヤンマくらい」

「君と、高階と、目の色が同じだよ」

「俺とトンボの目が同じ色？」

「オニヤンマの目ってエメラルドグリーンなんだ」

「嘘つけ、黒だろ？」

「生きてるときだけエメラルドグリーンで、死んだらなぜか黒くなるんだ」

「へえ。そういえば俺、死んだのしか見たことないかも」

「標本はみんな黒いからね」

「……それってさ」

高階が薄いエメラルドグリーンの目でじっと直を見た。

「魂の色かも」

「魂？」

「だって死んだら消えるんだろ。だから魂ってきっとエメラルドグリーンなんだろ」

「そうかもしれない」

高階が死んだらその目の色は消えちゃうのだろうか。

「でさ、エメラルドグリーンって何色？」

高階が小声で聞いてきて、直は吹き出した。

「バカにすんなよ、もしかしてチョクって頭いいのか？」

そう言いながら高階が『ボム！』を直に投げつけた。

「なんかあてある？　これから」

「めだかなら」

めだかとは駅前のしょぼくれたゲーセンで、少し古いゲームが一回十円でできるただの溜まり場だ。

「俺、もう金ないんだよなあ」

高階が『ボム！』をカバンに大事にしまった。

「大丈夫まかせて」

「チョクってなに？　もしかしてチョクって金持ち？」

「コレあるからさ」

そう言って直はポケットから小さな機械を取りだした。

「なにそれ？」

「カチカチ、知らないの？　風呂釜の点火装置、これをゲームのクレジットのとこにあててカチカチってやると静電気でクレジットが９９９になるんだ」

「は？　なにそれ？　９９９？　無限にできるってこと？」

「あっちではみんなやってるよ」

「あっち？」

「あ、前のとこ、福岡」

「最高じゃん、チョク、最高だな」

めだかは駅の近くの地下にある。すぐ横にお好み焼き屋が出来たせいでソースの匂いが充満する殺風景なそのゲーセンは、まだ開店したばかりでソースの匂いもヤニの匂いも目を覚ましていなかった。客もいなければ店員もいない。そういえばここで店員を見たことはほとんどない。並んだゲーム台が、主人を失って何をしたらいいのかわからなくなったロボットみたいに寂しくメロディをたれ流している。直と高階は一番奥にある「平安京エイリアン」に座った。東大生が作ったこのゲームはちょっと前に超人気だった。いわゆるインベーダーゲームの延長でしかなかったそれまでのゲームとはまったく違うコンセプトを持ち込んだ画期的なゲームで、平安京を攻めてくるエイリアンをプレイヤーの検非違使《けびいし》が落とし穴をつくって退治していく。直はコインの投入口あたりに慣れた手つきでカチカチを押し当てた。高階が子供みたいにキラキラした目で見ている。小さな破裂音がして静電気が回路をショートさせた。クレジットは見事に999になった。

「最高じゃん、チョク」

高階に褒められて妙に嬉しかった。いざ始めると高階は「平安京エイリアン」を相当やり慣れているみたいで抜群にうまかった。

「前の学校もくだらなくてさ、つるむ奴いなかったからこればっかやってた」

高階の首のあたりに赤い痣《あざ》がある。けれどそれは触れてはいけないもののような気がして直は画面を凝視した。

「チョク、心臓掘りできる？」

高階はにやりと笑って、雑誌で紹介されて噂になっていた「心臓掘り」というテクニックを使いこなしてつぎつぎとエイリアンを退治していく。普通は落とし穴を作ったあとは離れて待つものだがこの「心臓掘り」はその名の通り度胸が必要で、自らを囮《おとり》にしてエイリアンを引き寄せて穴に落とす。タイミングひとつ間違えたら即死する華麗な技だ。

「高階、滅茶苦茶うまいじゃん。カチカチなくてもいいじゃん」

「まあな。このクレジットって全部使いきらないと店にばれる？　まずい？」

「大丈夫、電源落としたらチャラになるから」

「よし、これ死んだら二人プレイしようぜ」

インベーダー以降のゲームはランクインすると好きな名前を登録できる。高階のおかげでふたりのチームは好成績を連発して、一位から十位まで TAKA&CHOKU と上書きしまくった。直は自分の名前をランキングに残せたのは初めてで軽く興奮した。間近で見ると高階はずいぶんシャープで色の白い端正な横顔をしていた。自分が女だったら放っておかないだろう。

「なんだよ気持ち悪い」

その視線に高階が気がついた。

「気持ち悪くて悪かったな」

そう言い返して直は自分のタメ口に違和感を覚えた。対等でいるために背伸びしている気がしてこそばゆかった。そして、高階の白い肌でかえって目立ってしまっているその赤い痣がやっぱり気になった。

「それ、怪我？」

直は思い切って聞いてみた。高階が首筋に手をあてて残念そうな顔になった。

「ああこれ？　違う」

「内出血？」

「まあ、そう」

「喧嘩？」

「違う」

「病院は？」

「いつものことだから」

高階は面倒くさそうにぶっきらぼうに言った。

「新しい親父だよ」

親父に新しいという形容詞がつく理由を理解するのに、少し時間がかかった。

「鈍いなあ、お袋が再婚した相手だよ」

「でもそれが？」

「酔うと暴れるんだ。家庭内暴力。ったく学校でも家でも暴力暴力だよ。どうなってんだこの国は。校内暴力より大人をなんとかしろっての」

高階が茶化すように言った。

「なんだよ、それ」

「悪い奴でさ。最初はおとなしかったのに弟ができた頃からお袋殴るようになってさ。わけわかんないよな。お袋をかばったらこのありさま。でもさ、あいつ出て行くとうち生活できねえし」

直には高階が大人に殴られている姿の想像がつかなかった。

「いつか殺すけどな」

高階が果物ナイフを何度もヤクザのような男の背中に突き立てている姿を想像した。返り血を浴びてこっちを見て笑った。こっちのほうが想像がつく。

「やめときなよ」

「やるかボケ」

「でも、やるときは言いなよ」

「あんな奴のために人生棒に振るもんか。帰ろうぜ」

高階はそう言って立ち上がった。

「明日もめだかな、それ使って他のやろうぜ」

夕焼けの始まった赤い空にふたつの取り残された小さな雲が浮いている。こういう雲は夜になるとどこに行くのだろう。朝まで残っているのをそういえば見たことがない。小さな雲は容赦なく夜の風に細切れにされて消えるのだろうか。気温の変化に耐えられず散り散りになるのだろうか。大きなトンボが夕焼けのなかをゆっくり上昇している。

「オニヤンマだっ」

高階が言う。シルエットでわからないけれど確かに大きい。

「こんな都会にはもういないよ」

否定したそばから後悔した。どっちかわかりっこないんだからオニヤンマでいいのに。

「いや、最後の一匹かもしんないじゃんっ」

高階の前向きなその性格が羨ましい。

「そうかも」

こんどは素直に言えた。自転車はふたつのちぎれ雲を乗せて夕方の坂道を下っていった。

1982年3月25日

ザ・ベストテン　第215回

1　心の色／中村雅俊

2　チャコの海岸物語／サザンオールスターズ

3　赤いスイートピー／松田聖子

4　君に薔薇薔薇《バラバラ》…という感じ／田原俊彦

5　ウェディングベル／シュガー

6　い・け・な・いルージュ・マジック／忌野清志郎・坂本龍一

7　情熱★熱風☽せれなーで／近藤真彦

8　恋人たちのキャフェテラス／柏原よしえ

9　夢の途中／来生たかお

10　色つきの女でいてくれよ／ザ・タイガース

私の16才／小泉今日子（圏外）

＊

いつもの神社の境内で、直はカバンから自慢げに新品のウォークマンを取り出した。久しぶりに会った父親からの誕生日プレゼントだった。録音機能までついた最新機種。誕生日はひと月後だったから、この人はまたしばらく会うつもりがないのだと気づいた。だからといってそれがどうしたというわけでもない。直はその重さを見せびらかすように四角い塊を軽く上下させる。

「ウォークマンじゃないじゃん」

たしかにウォークマンを名乗れるのはソニーだけだ。直の手にあるのは正確に言うとアイワのカセットボーイだ。期待外れの薄いリアクションをする高階に直は少しむきになった。

「オートリバースつきだぜ」

境内にいる鳩に向かって石を投げ続けていた高階が振り返った。直はウォークマンのロゴを高階に見せつけた。

「嫌いなんだよ」

直は出鼻をくじかれて高階のその意外な反応に耳を疑った。

「オートリバースってさ、嫌いなんだよ」

「なんで？　便利じゃん」

「嫌いなんだよ」

「なんで？」

「勝手にひっくりかえるから」

「なんだよそれ」

高階は答えずにまた鳩に向かって石を投げはじめた。

「可哀想だろ」

「当たるわけないだろ」

「じゃあなんで投げんだよ」

「当たるかもしれないだろ」

「意味わかんない奴」

高階がこんどは直のほうを向いてふりかぶって石を投げ始めた。

「危ない！」

直が柱の陰に隠れると、高階のハハッ、と歯切れのいい笑い声が響いた。

「今日、どうする？」

春休みのあいだふたりの行動パターンはだいたいいつも同じだった。神社で時間をつぶしてそのあとめだかに行くか、同じビルのレンタルレコード屋の友&愛に行ったあとにめだかに行くか。春休みが終わっても、そこに学校に行くか、という選択肢がひとつ増えただけだった。直は係があるから今日はどうしても教室に顔を出さなければいけなかった。

「じゃあカチカチ貸せよ」

高階はめだかに行くようだ。伸ばした手が長い。短ラン・ボンタンという不良仕様の制服を着ていても高階は手足の長さと色の白さでその辺の不良とはどこか違って品があった。リーゼントには絶対にしなかった。理由は「髪が傷む」から。傷むかなあ？　と何度も直が言うと、本当の理由をようやく言った。「前の親父がハゲてたんだ」。思いがけない小さな声が真剣さを伝えてしまう。直は猫のようなサラサラのその髪の毛がなくなった高階を想像して、小さく笑った。外見に欠点のない高階のような美男子のほうがハゲはきつい。

「今、想像しただろっ」

高階が直を容赦なくヘッドロックする。直は苦し紛れに高階の腿《もも》にカチカチを押し当てて静電気を走らせた。ホッチキスが刺さったような一撃の痛みにギャッ！　と大きな声をあげて高階が飛び跳ねる。

「痛いっ、痛いっ、覚えとけよお前っ」


それから直は、ゆるくて長たらしいあの坂をひとりで登った。もう四月になるのにまだところどころ冬の匂いが残っている。誰にも気がつかれていないが足元の影はやっぱりまだ薄いままだった。校門の近くで嫌な声に呼び止められた。

「顔貸せや」

赤尾だ。背が低いくせに声が大きくて、相手によって態度を変える嫌なやつ。すぐ赤くなるから高階はアカオニと呼んで小馬鹿にしていた。答えずにいたらやっぱりみるみる顔を赤くして一段低い声で「顔貸せや」と繰り返した。

「時間ない」

「関係ねえんだよっ」

アカオニは直の胸ぐらを摑むと油断していたふくらはぎをいきなり蹴った。痛みに身をよじると半笑いのアカオニが偉ぶって言った。

「裏に高階連れてこい」

転校のあの日からやつらはしばらく高階を警戒して、報復する気配だけをいつも漂わせて距離をつめようとはしてこなかった。だが中三になるとその微妙な空気が変わる。上級生がいなくなるとあの赤スウェットの土田は番長面《づら》をしはじめた。交代したばかりのボス猿はたぶんまだ自信がないからだろう、周囲に過剰にアピールをする。そうなると飄々《ひょうひょう》とした高階の存在は邪魔以外のなにものでもなくどうにも許せない。高階にやられたという過去を塗り替える必要が生まれる。

「嫌だ」

アカオニが思い通りの答えをしない直に苛立ってもう一度ふくらはぎを蹴った。

「高階がいないと何もできねえくせに」

言い返せなかった。悔しいがそれは事実だった。体格でも運動神経でも劣る自分にはこういう状況を力で解決するなんて無理だ。始業のチャイムが鳴るとアカオニは「連れて来ないと知らねえからな」と吐き捨ててわざとらしいガニ股で去った。

教室に行くと同じ係の女の子が突然聞いてきた。

「橋本って高階のパシリなの？　いっつも一緒にいるけどさ」

女子は興味のない男子にはとことん冷酷だ。

「ちがう、けど」

「じゃあなに」

「なにって……」

友達と言うと笑われそうな気がした。

「高階って彼女いるの？」

そういえば高階からそういう女の子の話は聞いたことがない。

「どんな子がタイプなの？」

気になるなら直接聞けばいいのに。

「……松田聖子は好きじゃないって」

その子の顔がとたんに真顔になった。直はすぐ後悔した。彼女の髪は完全な聖子ちゃんカットだ。しまった。

「どうでもいいけど」

会話は不機嫌に蓋をされた。彼女は不愉快そうに席に座ってノートを広げた。

「ようパシリ」

またアカオニがきた。直は振り返りもしない。

「ちと来いや」

「嫌だ」

アカオニが直の椅子を蹴って吠える。

「来いやっ！」

もう顔が赤い。さっきの女の子はちらりともこっちを見ない。席を立つとアカオニがふくらはぎを蹴る真似を何回もして、そのつど身をよじる直を下品に笑った。

「教室出ろ」

アカオニは直の胸ぐらを摑んで引きずるようにトイレに連れていった。トイレには不良たちがたむろしてる。アカオニこそ、こいつらのただのパシリのくせに。

「高階連れて来いって言ったよな」

アカオニが低く凄んでみせた。答えずにいると鳩尾《みぞおち》を殴られて膝をついた。だるそうに壁にもたれかかっていた赤スウェットがゆっくり近づいて来る。土田だ。転校初日に高階に殴られたあの時よりも体が大きく見える。

「放課後、裏に高階連れて来い」

妙に落ち着いた声だった。番長らしい風格がいつのまにか備わっている。

「……どこにいるか、知らない」

「パシリだろ」

「パシリじゃない」

アカオニが直の頭をトイレの床に押しつけた。土田が間髪をいれずに直の鼻を蹴った。目の前がパッと暗くなって鼻の奥に鉄の味が広がる。鼻と口がつながっている感じがして止まる気配がない。血だ。

「やられたって、高階に泣きつけ」

「嫌だ」

土田の狙いはそれだった。いつもつるんでいる直を痛めつけたら、高階は無視はできないだろう。

「いいかげん落とし前つけないとな」

土田がそう言って直をまたいで出て行った。

「連れて来ないとお前終わるぞ」

半笑いのアカオニが出て行くと、トイレはやたらと静かになった。水色のタイルが他人に関心のない昆虫の複眼のように見える。何を考えているかわからない冷たい目。この世界はいつも自分のことをそうやって冷めて他人のように見ている。なんの期待もされてないこの感じ。鼻血が止まらず仕方なくトイレットペーパーを丸めて鼻に詰めると、鏡のなかに目の周りを馬鹿みたいに赤くした、いかにも弱そうな中学生がいる。

「高階がいないと何もできねえくせに」

鏡が映すその自分がどうにも他人にしか見えない。ムカついて直はそいつに唾を吐いた。するとそいつも同時に直に唾を吐いてくる。クソ。

「お前何しに生まれたんだ」

声に出すとますます自分が他人になっていく。そのまま話しているといつか自分の体がそいつに乗っ取られそうな気すらする。

「どっかいけっ」

直はそいつの視線に負けて目をそらした。今日は高階に会わないほうがいい。めだかには寄るまい。こんな顔を見せたらあの性格だからどう動くかわからない。それに、直は自分が高階のお荷物になってしまうのが嫌だった。

教室に戻っても面倒に巻き込まれたくないのか、誰も声をかけてこない。逆の立場なら自分だってそうする。だからなんとも思わない。こんなもんだ。「どうしたの？　大丈夫？」なんて声をかけられるとは少しも期待してない。地理の教師はずっと黒板をむいたまま独り言のように授業を進めている。校内暴力と無関係でいることに一生懸命な先生のひとりだ。壊れたラジオみたいだ。直はしばらくぼんやり校庭を見つめた。転校してから今まで不良たちにやられなかったのはたしかに高階のおかげだ。いつも一緒にいるから警戒されていただけなのはわかっている。もし高階がいなかったらきっとアカオニに毎日いじめられていただろう。「高階がいないと何もできねえくせに」。その言葉が指にめり込んだトゲのように鈍い痛みを思い出させながらさらに奥にめり込んでいく。自分なんてただのパシリのくせに調子に乗っていたかもしれない。うずく顔に手をあてるとその熱でだいぶ腫れているのがわかる。急に前触れもなく、涙があふれて止まらない。悔しいのか？ 情けないのか？ 自分でもなんで泣いているのかわからない。背中がひきつる。ひっ、ひっ、フーッフーッ、音をたてずに深呼吸して誰にもバレないよう息を整えて涙を止めた。帰ろう。そう決めて机のなかの教科書を適当にカバンに詰め込みはじめたその時、誰かが背中をつつく。

「めだかに『ドンキーコング』入ったんだぜ。でもなんかカチカチ利かなくってさあ、任天堂だからなのかなあ、もっと強力なカチカチじゃないと無理なのかな」

それは小声でまくしたてる高階だった。いつもサボるくせにどうしてこんな時に限って現れるんだ。直が高階に顔を見られないよう前をむいたままでいると、「無視すんなよ〜」と脇をくすぐる。身をよじった瞬間、高階と目があう。笑顔が消えるのが見えた。

「誰にやられた⁉」

高階の大声に教室の空気がきゅっとなった。

「……転んだ」

「嘘つけっ」

「もう大丈夫だから」

さっき止めたはずの涙がこぼれる。高階はその涙を何も言わずに睨《にら》みつける。

「あいつらかっ？」

「ゴメン」

「なんでチョクが謝るんだよ！」

気がつくと乱暴にドアをあけて教室を出て行く高階が見えた。地理の教師は振り返りもせずに独り言を続けている。数秒後に廊下の奥のほうから女子たちのキャーッという叫び声が響く。ふたつ隣の教室からだ。駆け寄ると高階と鬼の形相の土田が教室の真ん中で睨みあっている。

「殺すぞ」

土田が高階を低い声で威嚇した。いつのまにかアカオニたち四、五人に高階は囲まれている。この状況をどうやって切り抜けるつもりか。高階は自分を囲む全員を順番にゆっくり睨んでいる。圧倒的に不利な状況なのにまるで負ける気などなさそうな眼光。追い詰められた野良犬に見える。瞬間、高階が前触れなくくるんと反転したと思ったら、真後ろにいた背の高い奴に突然タックルをした。

「何しやがるっ」

何が起きたかわからず全員が同時に吠える。土田の手が高階を摑むより早く、高階は倒したノッポを踏みつけて廊下に飛び出した。

「追えっ！」

高階が入口で立ち尽くしている直を見つけて「まかせとけ」と笑った、ように見えた。そのまま廊下を走っていった。土田たちも高階を追って次々飛び出してくる。身構えた直にはもう誰一人目もくれない。いつのまにか高階は外に出て、非常階段の踊り場にいる。待ち伏せだ。「心臓掘り！」、そう叫んで高階がニヤリと笑うのが見える。やってくるアカオニたちを狭い場所におびき寄せてひとりずつ退治するつもりだ。まるであの「平安京エイリアン」の得意技みたいに。

三階の高さにひるむ不良どもを押しのけて、怒りで目をひんむいた土田が先頭に立つ。どこからか持ってきたパイプ椅子をひきずっている。ふたりの不良がいつのまにか非常階段の上から現れて高階は挟まれてしまった。絶体絶命。「汚ねえなっ！」、高階が吠えると土田が嬉しそうに笑った。そしてパイプ椅子を両手で振りかざして高階の背中に叩きつけた。丸まった背中に数発。もうだめだ。ゲームオーバー。ゲームならカチカチがあるからいくらでもやり直せるのに。

「高階あ！」

直が吠えた。自分で自分の大きな声に驚いた。廊下にあった消火器を手にすると、思い切りレバーを握って非常階段に向かって消火液をぶちまけながら走った。視界が全部白く埋まる。薄い味噌のような、獣の小屋のような匂いがあっという間に広がる。消火器ってこんな匂いがするんだな。猿とキャベツだらけのこの小屋にお似合いだ。

「逃げろ！　高階あ！」

息ができないくらい立ち込める煙のあちこちから咳き込む音がする。誰がどこにいるのかわからない。数秒もするとブスブスッと変な音をたてて消火器が空になった。すると薄くなった煙をかき分けて消火液をかぶって白くなったアカオニたちが向かってくるのが見えた。「ふざけんな！」。その声のする方に空になった消火器を投げつけたが、あえなく捕まった。ボコボコにされながら直は必死にアカオニの足にしがみついた。

「うぜえ！」

アカオニは必死に引き剝がそうとしたが、直は蹴られ続けてもその不恰好な体勢を崩さなかった。蹴られながら自分が高階を守る英雄のような錯覚を覚えていた。

「チョク、どこだっ！」

高階の声がする。

「お前ら何やってるんだ！」

階下から体育の岡本が竹刀《しない》を持って走ってきた。防衛大学校仕込みの太い怒声に、土田と不良たちは蜘蛛《くも》の子を散らすように逃げた。岡本はしつこくひとりを追いかけて階段を登っていく。ふらふらと立ち上がって非常階段のあたりまで行くとボロボロの高階が座り込んでいた。

「チョク、消火器って使えるな」

顔を赤く腫らした高階がまるでめだかで待ち合わせでもしていたみたいに笑った。

「うん」

「俺、鼻血出てる？」

「出てる」

「このシャツ気に入ってたのになあ、クソ～」

高階の白いシャツには血の筋がたくさんついていた。

「大根オロシで洗うと落ちるよ」

「まじかよ」

「うん。『てるてるワイド』で言ってた」

「鼻血出しながら大根おろしたくねえなあ」

「それ、吉田照美も同じこと言ってた」

直がボロボロの顔で高階を見て笑った。

「もう泣くなよ」

「もう泣かない」

直はそう言うと高階の真横に同じ姿勢で座った。ひんやりした鉄製の階段が気持ち良かった。

「俺、高階のなに？」

「なんだよ突然」

西日が眩《まぶ》しくて高階の顔がよく見えない。

「俺、高階のパシリでもいいや」

「は？　何言ってんの？」

「パシリでもなんでもいいよ」

「チョクは俺のダチだ」

「……なんで？」

「ダチでいるのに理由なんかいるか？」

「……ありがと」

「だからそんなんじゃないって」

　直は自分の影を高階の影にそっと重ねてみた。ふたりの影は同じ濃さに見えた。

　西日はあっと言う間に校舎の裏に入った。しばらくすると高階が直をじっと見た。深刻な顔。冗談を言う時の真顔だ。

「そういえばさ、こんな時にあれだけどさ……、好きな女ができたから、お前とはもう遊べない」

「え？」

　直は冗談じゃなかったらどうしようと、不安を覚えた。

「……誰？」

　その質問を待っていたかのように高階が立ち上がった。

「その女の名は、小泉今日子」

　それは、これから僕らが女神と呼ぶことになる十六歳の女の子の名前だった。

1982年7月8日

ザ・ベストテン　第230回

1　聖母《マドンナ》たちのララバイ／岩崎宏美

2　〝おまえにチェックイン〟／沢田研二

3　赤道小町ドキッ！／山下久美子

4　北酒場／細川たかし

5　渚のバルコニー／松田聖子

6　男の勲章／嶋大輔

7　原宿キッス／田原俊彦

8　夏のヒロイン／河合奈保子

9　ＴＶの国からキラキラ／松本伊代

10　Yes-Yes-Yes／オフコース

素敵なラブリーボーイ／小泉今日子（17位）

*

『心のおっぱいがゆれる。』

いいキャッチコピーだ。心にもおっぱいがあるなんて知らなかった。小麦色のぴちぴちの肌。水着の小泉今日子が白い歯を見せて、ポスターのなかで笑っている。直はなんとか手に入れたそのポスターを部屋のどこに貼るかでずっと悩んでいた。いちど天井に貼ってみたけれど寝るとき以外会えないのが気に入らず、とはいえ母親に見られるのも嫌でいろいろ考え抜いた結果、ドアの裏に貼ることにした。ここなら侵入者の目にさらされることもないし、ベッドに横になっても視線がからみあう。それにしてもなんだこの可愛さ。今年デビューした女性アイドルはかなり豊作だった。その中で、人気抜群だけど妙に大人っぽい中森明菜よりも直は断然、小泉今日子だった。教えてくれた高階には悪いが自分のほうが今や圧倒的に夢中だった。でもそれを高階に言うといかに自分のほうが夢中か言い出すに決まっている。ふたりは最近、会えばいつもそのいい争いだ。どれだけ好きか、どれだけ熱いか、どれだけ詳しいか、いつまでも話せた。

英語の勉強をすると嘘をついて、直は父親の高級ラジカセを部屋に持ち込んでいた。夜九時に始まる文化放送の「吉田照美のてるてるワイド」を聴くためだ。小泉今日子はよくこの番組に登場した。ラジオはテレビよりも断然素に近いアイドルの声が聴ける。ハプニングも多くて妙な緊張感が楽しい。それに音だけというのがかえって想像力を刺激する。だから下ネタも数倍の威力になる。長めのイヤホンを腹のあたりから服にいれて左袖からひっぱり出して頬杖をつけば、勉強のふりをしてずっと聴いていられる。こうすれば不意に母親が入ってきてもバレることはない。

チャンネルを合わせると今日も吉田照美がまくしたてるように喋りつづけてアイドルたちを次々と容赦なく毒牙にかけてゆく。今夜の生贄はずいぶんお嬢様っぽい声だった。

「へえ、フミコチャンは中学福岡なの？」

「ハイ、そうなんです。高校は堀越なんですけど」

新人アイドルの緊張が伝わる。緊張した少女ほど健気で可愛らしいものはない。吉田照美はそれを知り尽くしている。少女の緊張を利用して周到に狩りを進めるハイエナだ。悪魔だ。

「このコーナーね、来てくれたアイドルみんなにやってもらってることあるんだけど」

「えー、ナンですかあ」

「エヘヘ」

このタメが効く。

「なんかやだー」

「フミコチャン、おっぱいどんな形？」

あまりの不意討ちにアイドルは思考停止になる。ラジオでの沈黙は事故だ。だから喋り続けることができる吉田照美は神だ。神の言葉は絶対だ。そうして羊は神にゆっくり導かれていく。

「フミコチャンのおっぱいどんな？」

「どんなってえ」

「小さくないよね？」

「そうですかあ」

「僕の手だとこぼれるかなあ？」

「いやだあ」

顔の大きさと手の大きさはだいたい同じだと誰かに聞いたことがある。何かの雑誌で見た吉田照美の顔はたしか大きかった。そんなに大きいのかフミコチャン。

「やわらかそうだよね？」

「普通だと思いますう」

「じゃあさ、ここに紙とペンがあるから、フミコチャン自分で自分のおっぱい描いてみてよ」

「えー」

「紙に自分で描いてみて」

天才だ。こんな会話がこの世にあるなんて。股間の生き物が目を覚ます。一瞬だけイヤホンを外して家の様子を窺ったが音はしない。母親はもう眠ったようだ。ズボンのチャックをずり下げてその生き物を右手で握りしめた。熱を帯びた脈が手のなかで躍る。

「へえーこんなところに乳首あるの？」

「え？　もっと下かもしれないですう」

「何色？　黒？」

「やだ！　ピンク！」

「ピンクもいろいろあるよ～」

そこでいきなり射精した。あまりに勢い良く飛び出した精子は机の上にも飛び散った。

あわててティッシュを探したがあいにくどこを探しても見つからなくて、仕方なくノートがわりに使い始めたルーズリーフを一枚くしゃくしゃに丸めてそれで拭き取った。教科書についた精子をさっと拭いて、意味なくフーフーと息を吹きかけたが小さなシミが残った。シミのついた面をひっくり返してイヤホンを耳に戻すとフミコチャンはもういなくなっていて、代わりに聞きなれない声の歌が流れていた。聴いたことのない不思議な声だ。甘いけれど透明でどこか中性的でもう一度聴きたいと直は思った。さっきまでの欲情は精子と一緒にルーズリーフのなかでくしゃくしゃになっていた。途中からでも録っておこうと思ってあわてて録音ボタンを押したがどうしても赤いボタンが押せなくて、ラジカセに入れっぱなしのカセットのツメを何日か前に折ったことを思い出した。

「佐野元春で『SOMEDAY』、でした〜
なにげない感動。
森永製菓がお送りします。
栃木県足利市にお住まいのミジンコさんからのお便りです。
照美さん僕は今、遠距離恋愛をしています。
ようやく彼女ができたと思ったら
引っ越すことになって。
毎週水曜の夜に電話をしています。

時々どうしようもなく不安になります。
照美さん、どうしたらいいでしょうか」

「てるてるワイド」の番組のエンディングは今までのガチャガチャした空気を一変させてしっとりしたコーナーになる。「なにげない感動」というコーナーだ。葉書だからか痛いほど正直になる同世代のストレートな悩みは秋の気配のせいもあって直の胸を突く。

「不安になりますよねえ。
遠く離れていると。
でもね、空を見ると月があるでしょ。
同じ月の下にいるんだよね。
そうだ。ジョギングとかしたらどうですか。
体を動かさないと心ってすぐクヨクヨしますから。
不安になったら月を見ながら走る。
いいと思いますよ」

吉田照美はこのコーナーだけは相手が中学生でも敬語になる。そのギャップがまたしみる。不意に電話がなった。母親は寝ているのか奥の部屋は暗い。父親はまだ帰ってきていないようだ。仕方なく直は電話をとった。

「もしもし」

「……」

「もしもし」

「……」

無言電話だった。

「橋本ですけど」

直がそう言うと電話のむこうで受話器を持ち替える音がした。

「すみません、まちがえました」

柔らかい大人の女の声だった。それだけ言うと電話は切れた。

「オンナやろ？」

突然低い声で言われて直は恥ずかしいくらい大きな悲鳴をあげた。すぐ後ろに母親が立っている。

「どんな女やった？」

電気が暗いせいか母の顔はずいぶん老けて見える。

「すぐ切れたからわからん」

「……」

帰ってこない父親に何か問題があるのはすぐにわかった。母親はそのまま部屋に入ってしまった。

「……めんどくさ」

直は電話線をひっこぬいた。

＊

小泉今日子の水着のグラビアを境内で太陽に透かして見ていた直は、ようやく顔をあげた。

「『レッツゴーヤング』？」

それはいつも見ているＮＨＫの人気の歌番組だ。

「それって日曜の番組じゃん。今日はもう月曜だぜ」

低い声で高階をたしなめるように言って、直はまた小泉今日子を太陽に透かした。

「収録だよ、収録」

そう言いながら高階も直が透かしているグラビアを覗き込んだ。

「収録って？」

「知らないのかよ？　あの番組、毎週月曜の十八時から渋谷のＮＨＫホールで収録してるんだよ」

どこからその情報を仕入れてきたのか、高階は鼻息が荒かった。

「本物に会えるんだぜ」

「嘘⁉　いるの？　本物が？」

「収録してるんだからそこにいるに決まってるだろ。今から出たら渋谷に十八時は余裕だぜ、行くだろ？」

　返事はしなかったが答えはひとつだ。松戸から渋谷なら一時間もあれば着く。ふたりは駅へ急いだ。

　平日の午後、のぼりの常磐線はガランとしている。いくつも大きな川を渡っていく。さっきのは荒川だったか、江戸川だったか。鉄橋を通るたびに車両が甲高い鉄の音をたてて軋む。のん気な午後の陽を受けて川面が無駄にキラキラ揺らいでいる。親としか行ったことのない東京が近づいてきて、直は少し背中をかたくした。高階は長い足を広げていつのまにか眠ってしまっている。本当に小泉今日子って存在するのだろうか？　すべて嘘のような気もする。そっちのほうが自然だ。自分のまわりにあんな女の子はいないし、これからも現れるとはちょっと思えない。

「チョクはさあ、小泉今日子につきあってって言われたらどうする？」

　高階がいつのまにか目を覚ましている。

「……あるわけないだろ」

「ないと言いきれるか？　奇跡ってなんのためにあるんだよ」

　高階のエメラルドグリーンの瞳も無駄にキラキラしている。

「そうだけどさ」

「チョクは小泉今日子のどこが好き？　俺は目」

「……そうだなあ」

　しばらく考えた。西日が眩しくて二人は反対側に座り直した。

「声かな」

「声？」

「ていうか歌い方」

「なんだそれ」

「歌うときに息を吸い込むんだけど、それがなんかいいんだよ」

「たしかに息は、エロい」

「ほんとにわかってる？」

「耳とか息吹きかけられたら絶対いっちゃう」

「そういう意味じゃないって」

　小泉今日子は歌うとき、誰かのためにその胸のなかにあるものを出しきるためか、懸命に懸命に息を吸う。その仕草はプールで少女が一生懸命泳ぐときの息継ぎみたいで、なぜか愛おしいのだ。直はそれをうまく説明できる自信がなかったし、自分だけのものにしておきたかったから、それ以上は説明しなかった。

日暮里に着くとふたりは電車を飛び降りて山手線のホームを探した。直は山手線が丸く円のように走っていることをそのとき初めて知った。どっちに乗ればいいのかわからずにいると「つまり、どっちに乗っても着くってことだな」と高階が言った。それでふたりは次に来た電車に乗ることにした。渋谷に着くとあまりの人混みに直はその流れに自分が乗れる気がまったくしなくて急に歩幅を小さくした。人見知りと無縁な高階は、直の腕をとって交差点を器用に渡ったあと、何人もに道を聞いて無駄なくＮＨＫホールを探し当てた。

「高階って知らない人と話すのとか、恥ずかしくないの？」

「なんで恥ずかしいんだよ？　聞いたほうがはやいじゃん」

高階は生きる力が強い。きっとどこでも自分らしくやっていくんだろう。それに比べてもう帰りたくなっている自分は。直は自分に欠けているものをまた思い知った。坂の向こうに役所のような建物が見える。それがＮＨＫだった。その奥にホールがあるらしい。代々木公園に抜ける並木道にはたくさんの人がたむろしている。ここにいる全員が収録に来たのだろうか。いかついドカジャンが何人も見えて目立つ。工事現場でよく着られている肩幅の大きなナイロン地のジャンパー。その下に流行りのＤＣブランドの派手な服がちらっと見える。最近の流行か、松戸あたりの不良とはずいぶん様子がちがう。そもそも誰もふたりにガンをつけてきたりはしなかった。

入口の脇にある広場にハチマキの集団がいた。何色か、色ごとにかたまっている。ふたりにはそれが何なのかわからなかった。

「はじめて？」

ふりかえると青紫のハチマキをしたチンチクリンのリーゼントの男が微笑んでいる。

「はい」

状況に気圧《けお》されたままの高階がいつになく素直に返事をした。ハチマキにはアルファベットでＳＥＩＫＯと刺繍がしてある。

「誰のファン？」

「小泉……今日子」

「あ、そう。じゃああの緑のとこが今日子隊だから」

「今日子隊？」

「小泉今日子いいよね！『スタ誕』で見たとき絶対売れると思ったもん。『スター誕生！』見てない？　俺、誰が合格するかたいてい当たるんだぜ」

チンチクリンが自慢げに話していると、向こうの誰かから呼ばれたようで、その短足な見た目からは想像ができないほどの機敏な動きで走っていった。残された直と高階は、言われるがままに今日子隊と呼ばれた集団に近づいた。その緑のハチマキの集団はいくつもあるグループのなかでわりと小さめのグループのようだ。

「どうする？」

直は渋谷に着けばなんとかなると思って、何ひとつ調べもせずに来たことを後悔した。

「堂々としてりゃあいいんだよ」

高階は平気でその集団のいちばん後ろに近づく。少したつと入口のドアがあいて、ガラの悪い連中が奇妙なほどきちんと隊列を守ってゆっくり動きはじめた。高階が最後尾にしれっとついていく。直も同じスピードで動く。ドカジャンでもなくハチマキもしていない様子の違う自分たちがこのまま中に入れるとは自分でも思えない。やっぱり入口で警備員に呼び止められる。その時、誰かが警備員ごしに直と高階に声をかけてきた。

「新入り？」

「ハイ」

直が反射的に返事をした。見ると白い特攻服に立派なリーゼントを決めた男が立っている。高階が相手の雰囲気を見て何かを察知したのか、様子を窺えと直の服をぐっと引いた。

すると思いがけないことが起きた。

「いいよ、入んなよ」

特攻服のその男の一言で警備員がスッと道をあけたのだ。ふたりはそのひとに深くお辞儀をして小走りでホールに向かった。何が起きたのかよくわかっていなかったが、とにかく収録は見られそうだ。

「マジかよマジか、マジか」

高階が興奮してる。客席を見渡すと、二階席にさっきの緑のハチマキの一軍が陣取っているのが見えた。高階と直はそこまで駆けのぼった。まるで早送りの映像のようにあっと言うまに客席が埋まっていく。ここは普通の建物とは空気がちがう。天井の高さのせいか。これからはじまる収録を待ちわびるたくさんの小声が重なって、まるで鯨のお腹のなかにいるように空気が低くうぉんうぉんと唸っている。

開演を知らせるブザーが鳴ると、地鳴りが腹を突きあげて緑のハチマキたちが一斉に立ち上がる。ステージの照明が踊りだしてオープニング曲の「ムーンライト・カーニバル」が始まった。派手なダンサーたちはテレビで見るよりずいぶん小さく見える。ミニチュアの世界で踊る人形みたいだ。この世のものとは思えない。たくさんの照明のせいで異様なほど明るく、これがあの世の入口だと言われたら信じそうな宗教みたいな妖しさがある。

奥から太川陽介と松田聖子が現れると一段と大きくなった歓声が空気を割る。人間の集まりには思えない。松田聖子はテレビで見るよりはるかに細くて可愛い。その後ろにサングラスと軍服の知らない三人組がいて、カメラに向かって手を振っている。そうかあのカメラが映してるものをいつも家で見ているのか。耳の裏がそこに心臓があるみたいにボクッボクッと跳ね出すのがわかる。松本伊代が大きな口で笑っている。その横に、いた！　小泉今日子だ！　二階席に向かって手を振った！　今日子隊が一斉に吠える。雄叫びが鼓膜に、ビリビリ響く。

「キョウコオオオッー」

まるで腹をすかせた獣だった。気づくと横で高階までが紛れて叫んでいる。司会の太川陽介が「全国的に風邪が流行ってます。今日子ちゃんは風邪をひいたらどうするの？」とマイクを向けると「たくさん服を着て汗かいて寝ますっ」と健気に答える。すぐに太川陽介は「レッツゴー、今日子！」と言いながらステージの横に消える。すると小泉今日子がマイクを持ってちょん、と前に出る。デビュー曲「私の16才」のイントロが始まったとたん、今日子隊の雄叫びがきれいに揃いはじめて、やがてひとつになった。

この日差しは君のものお～

今日子　とってもコケティッシュ〜
今年の恋は今日子で　決まり〜
スマイルガール　ウ〜レッツゴ〜
今日子
L・O・V・E
キョウコオオオッー

掛け声はもはや歌の一部のようだった。それはアイドルへの精一杯の声援であり、腹の底からかきあつめた愛だった。俺たちがいる限り君は守られるのだ。まるでそう言っているようだった。親衛隊の献身は死ぬほど美しく、その渦のなかで直はずっと鳥肌をたてていた。地鳴りが足を這い上がり鳥肌になる。目があうと高階が強く深く頷いた。同じことを考えているのがわかる。どれだけ訓練すればこんなことができるのだろうか。すると今日子隊のひとりが「いいだろ、このコール」と満たされた顔で言った。それはコールと言われるもので、「コール&レスポンス、これで今日子とひとつになるんだ」とその男は言っていた。ステージの小泉今日子が白い歯で笑った。短いスカートにやわらかそうな白い足がふたつ生えている。さっきまで太陽に透かしていたあのアイドルがそこにいる。

「本当にいるんだな」

直は独り言を何度も何度も言った。ステージには石川秀美がいる。すると黄色のハチマキの一群がむこうの客席でコールをはじめた。それは隊ごとに作られるもののようだった。

「どう、入らない？　親衛隊」

収録終わりの出口のところで、さっき声をかけてきたチンチクリンが親衛隊について熱く語りはじめた。親衛隊とはアイドル歌手の熱心なファンの私的集団のことで、その名の通り小さな軍隊のようなものだ。そのなかでさっきまで一緒にいた今日子隊のように、それぞれのアイドルの名を冠した小さな隊が結成されている。それが集まって大きな「連合」という組織をつくっていた。連合は全国規模で統制されていて、実によくできた組織、なのだそうだ。

「高階と言います。こいつは橋本です」

「俺、田原。でもさあ、今日の小泉はよかったなあ。とくに歌うときに息を大きく吸うとこ、最高に可愛いよなあ」

「わかります⁉」

直は自分と同じ意見に素直にうれしくなった。やっぱりわかるひとにはわかるんだ。

「わかるに決まってるだろ」

「俺は目派だけどな」

高階が茶々を入れてくる。

「小泉今日子は奇跡だと思います」

「こいつより先に俺が見つけたんですけどね」

ふたりは体の芯にまだ熱い余韻を感じて、興奮していた。

「お前ら親衛隊入らない？　俺も今日子隊入ろうかな」

田原が真面目な声で言った。

「入りたいって言えば入れるんですか」

高階が興味を抑えきれずに言う。

「ああ、誰でも歓迎。アイドルを守るのが俺たちの仕事さ」

「守る？」

「守って応援してスターにする。それが親衛隊」

「それが親衛隊……」

高階がどうするか考えている横で、直は大きな声で返事をしていた。

「よろしくお願いしますっ」

高階が笑う。

「よし、電話番号教えるから、そっちも教えてよ」

そう言って小さなノートを渡してきた。お互いに番号を交換すると「次の集会に顔出せよ、そこで紹介するわ。じゃあ俺は次があるんで行くわ」と颯爽ときびすを返した。

「次？」

「公会堂で『トップテン』、そのあとフジで『夜ヒット』、今日は忙しいんだよ」

そう言って、今度電話するわ！　と、田原は小走りで並木道を交差点のほうへ向かった。

＊

　都心にこんなにたくさん木があるとは思っていなかった。神宮前から並木道を抜けると背の高い木が驚くほど増えて、車の騒音が遠くなったかわりに蝉がうるさくなる。蝉の音をかきわけてさらに奥へいくと、集合場所と指示された日本青年館前にたくさんの親衛隊が集まっている。蝉は人の数に負けてここでは静かにしているようだ。ＤＣブランドの服にドカジャンを羽織った奴らだけじゃなく、ハチマキだけのおたくふうの奴や、いかにも暴走族系の特攻服でリーゼントをキメた奴など、いろんなタイプがそこには集まっている。

「押忍《おっす》！　我々松田聖子隊、世田谷本部、合計八名です！」

「押忍！　よろしくお願いします！」

「押忍！　我々中森明菜隊、埼玉支部、合計五名です！」

「押忍！　よろしくお願いします！」

　見た目からは想像もできない規律の正しさ。応援するアイドルごとにきれいに分かれていてそれがひとつずつ群を作っている。松田聖子の親衛隊の数が圧倒的に多い。その次は中森明菜隊だろうか。集団の先頭にはお揃いの白い特攻服を着た三、四人がベンチにどかっと股を広げて座っていてひっきりなしに誰かが声を張り上げて挨拶をしている。

「あれが幹部だ。俺も少ししたら幹部になるから、お前ら俺に尽くしとけよ」

背後にいつのまにかあのチンチクリンが立っている。

「あ、田原さん」

「お前らとりあえず田原隊だからな」

「田原隊？　他にもメンバーいるんですか」

直が聞くと田原が小さくふんぞり返って鼻をふくらませた。

「冗談だよ。でも、お前ら俺の子分な」

「隊長、よろしくお願いしますっ」

高階が田原に調子をあわせる。

「でも、すごい数ですね」

直はあらためて辺りを見渡して言った。

「挨拶行くぞ」

田原に連れられてベンチに座る幹部のところへ行くと、特攻服に急に萎縮したのか田原がもじもじとふたりを紹介した。

「えっと、新入りです、今日子隊希望です」

「おう、よろしくな」

幹部の男が直と高階を見て笑った。その優しい声に拍子抜けした。

「しっかり鍛えますっ」

田原がふたりを小突きながら言った。幹部は田原のキャラクターを知ってるようで苦笑しながら「お前らも田原、鍛えてくれよな」と笑った。


集会はすぐに終わってそれぞれの隊ごとにばらけはじめた。コールの練習があちこちではじまる。ヤンキー座りでタバコを吸いながらただ談笑している姿も多い。さっきまでの萎縮が嘘みたいにとれた田原が高階と直に得意げに親衛隊の説明をはじめた。

「まずはコールだ。これが完璧にそろってないのは死ぬほど恥ずかしい。だからお前らも完璧にしとけよ」

「ハイ」

「返事は押忍」

「オスッ」

「田原隊はぁ、これから何をすればいいんでしょうかぁ」

すっとぼけた甲高い声で高階がからかう。田原が慌てる。

「バカ、冗談だって。勝手にそんなの作ったら殺されるだろうが、今日子隊だよ、今日子隊」

「田原隊がよかったなあ」

「え？　そうかあ？」

田原はおちょくられていることに気がついていない。

「で、これからどうしたらいいんですか」

直が改めて聞くと先輩面して田原が言い切る。

「俺たちは本人の行くところは基本、全部行く」

小泉今日子のことを本人と呼ぶのはなんだか特別な感じがして面白かった。

「収録だけじゃない。デパートでやる新曲発表なんかのときは警備も俺たちの仕事だ。変な奴を見つけたらボコボコにする。事務所や局ができないことを俺たちがやるんだ」

なるほど。それを事務所がやると問題になる。だから親衛隊か。

「それと一番大きな仕事は電リクだ」

「『ベストテン』？」

「そう、歌番組全部だ。葉書出しまくって順位あげるのが俺たちだ。組織票ってやつだな。

聖子隊の数見ただろ、あれに負けないためには書きまくらないとだめだ」

「でも、葉書代、馬鹿になんないすよね」

田原が高階の肩に手を置いた。

「葉書は事務所が死ぬほどくれる。でもな、番組も馬鹿じゃないから最近は同じやつが書いたものは外したりしてるらしいぞ。筆跡も住所も変えて出すんだ」

「大変ですね」

「大変だからこそ俺たちがやる意味がある」

田原が小さく胸を張った。

「ここはさ、努力が報われる場所なんだ」

その言葉に直は胸の真ん中のあたりがくっとなった。学校や家にはまることができない自分たちのような不良品にも居場所はあるのかもしれない。そう思うとここに集まった不良たちがみな仲間に思えてくる。世間から不良品扱いされるから不良が生まれるんだ。世間は不良品を生む自分たちのほうに欠陥があるなんて欠片も思わないから、自分たちで自分たちの居場所をつくるしかないんだ。

「それに幹部と仲良くなるとジム券もらえるんだからな」

「ジム券って?」

「事務所が確保してるコンサートのチケットさ」

「ええっ、そんなのあるんですか」

「それに楽屋にもいれてもらえるし」

「楽屋って、小泉今日子の？　控室のこと？」

「そうだ」

「⁉　どうやったら楽屋いけるんですか⁉」

　直が思わず大声を出した。

「だから幹部と仲良くなるんだよ」

　仲良くって？　と聞こうとしたとき田原が背筋を伸ばした。さっきの白い特攻服の幹部たちが全員立ち上がって、押忍！　押忍！　と挨拶をはじめた。あまりに一変した空気に驚くふたりに田原がささやいた。

「あれが三谷《みたに》さん、連合長だ」

「連合長？」

「全国のすべての親衛隊のアタマさ」

「……全国のアタマ」

　ここにいるのはほんの一部さ、と田原がまるで自分を自慢するように言った。直には全国というのがどのくらいの数になるのか見当もつかなかった。三谷と呼ばれたその小柄な男は顔に大きな傷があってそのせいか他の幹部の誰よりも圧倒的な威圧感があった。

「親衛隊のこの仕組みを作ったのはあの人だ。だから神様さ。テレビ局のプロデューサーともつながってるし、もちろん事務所も頭があがらない。あのひとが売ると決めたアイドルは必ず売れる。同い年とは思えないよな」

「田原さん、あのひとと同い年？」

「そう、同じ二十一歳」

高階が信じられないという顔のまま交互に見比べた。

「お前ら、俺を馬鹿にしたら許さんぞ」

「馬鹿になんかしませんって、同い年には見えないけど」

「笑いながら言うな」

「押忍」

田原の人柄の良さが好きだ。たしかに尊敬してはいない。たぶん高階も同じ気持ちだろう。わかる。新しい仲間ができてとてもいいバランスのように思える。三谷がベンチの真ん中に座ると幹部たちがその横に立つ。ばらけていた親衛隊が気がつくと整然と並び直している。走る緊張。全員が前を向き誰も私語をしない。そしてそれぞれの群の代表が順番に三谷に挨拶をして、横にいる幹部に何かを渡していくのが見えた。

「カンパだ」

　田原が小声で説明する。

「もしかしてお金ですか？」

「ああ、いくらでもいいんだ。あれが親衛隊の活動費になる。ときどき集会があって集められるんだ」

　これだけの人数からお金を集めたらあっという間に凄い額になるはずだ。一体何に使うのだろうか。

「たくさんカンパしたら、幹部に気に入ってもらえて楽屋いける？」

「それどころか、お茶会に呼んでもらえる」

「なんですかそれ」

「本人と喫茶店でお茶をするんだ」

「え？　小泉今日子と？　お茶？　じゃあ話できたりするってこと？」

「そうだ。お茶会には三谷さんに選ばれた者だけが参加できる」

「うおおおっ、紹介してくださいよ」

　高階が田原に詰め寄る。

「おまえらみたいな初心者はまずはコールをしっかり覚えるんだ。それからだ」

「そう言わずに紹介してくださいって」

「バカ。親衛隊ってのは学校とかと違ってビシッとした階級社会なんだ。そこらの軍隊なんかより厳しいんだ。そんな舐めた態度だと半殺しにされるぞ」

「半殺し？　またあ～」

田原が小声になった。

「三谷さんってブラックジョーカーなんだから」

「え？」

「ブラックジョーカーってあの暴走族の？」

田原がシッと口に封をした。それはあまり触れてはいけないことのようだった。ブラックジョーカーとはニュースでよく聞く全国でもその名を轟《とどろ》かせている暴走族だ。あの顔の傷はそういう傷だろうか。三谷が立ちあがって幹部たちの肩を叩いている。カンパ集めが終わったようだ。並んでいる隊員たちに声をかけながらこっちに歩いてくる。そしてついに直たち三人の前にやってきた。身長のわりに大きく見える。ぶ厚いオーラが威圧する。

「新入り？」

三谷が直と高階に声をかけた。

「ハイっ、あ、押忍っ！」

高階の初々しいリアクションに三谷が微笑んだ。ずいぶん人懐っこい笑顔だ。

「今日子隊？」

「押忍っ！」

「そうか、俺たちの力で小泉今日子を一位にしような」

三谷が直の手を握った。その手は肉厚で柔らかくてそして、温かかった。

「ありがとうございます！」

思わずお礼を言っていた。

「ここは努力が報われる場所だからな」

田原は三谷のこのセリフを繰り返していたのか。自分たちに居場所をくれた神様にこんなことを言われて興奮しないわけにはいかない。三谷は迎えに来た車に乗って去っていった。

「俺、絶対幹部になるからお前らついてこいよ」

田原の鼻息が荒い。

「押忍っ」

「ここは努力が報われる場所だからな」

「努力しますっ」

「次、ハチマキとハッピもってきてやる」

「え、そんなぁ……いいんですかぁ⁉」

「うちのババアに作らせるからお安い御用さ」

田原はすっかり高階にのせられている。高階はあきれている直を見るとペロリと舌を出した。

「僕らぁ渋谷ふらついて帰りますぅ」

「じゃあ、できるだけ顔出せよ、お前ら田原隊なんだからな」

＊

渋谷のＮＨＫホールの前の路地にその男はいつもいる。通称、生写真のおじさん、溶けた前歯が特徴の、真っ黒に日焼けしてるのに不健康そうな男。ホームレスと言われたらそうとしか見えない。えらく老けて見えるが実はまだ四十にもなっていないという噂だ。公開収録に自由に出入りして写真を撮ることを三谷から唯一許されている存在だ。撮った写真を自分で焼き増しして路地で売っている。だから生写真のおじさんだ。直はこのおじさんが嫌いじゃなかった。

「アイドルってのはこの社会に必要なんだ」

それが口グセだった。おじさんは見た目と違ってなかなかインテリなことを言う。

「ニコニコ笑ってるだけで人を幸せにするんだからさ」

なるほど。

「だからアイドルって言うのかな。でも英語で怠けるって意味でしょ？」

直が写真を物色しながらそう答えると、おじさんはそういうことにしとくか、と呟いた。

「そういう意味だと俺もたいがいアイドルだけどな」

おじさんが溶けた前歯を見せながら笑う。

おじさんはその昔、中学の先生をしていたらしい。なんの教科か一度聞いたがもう忘れた。生徒にもその親たちにも人気の先生だったそうだ。そんなある日、おじさんのクラスの女子が家出をした。よくある話だ。その子は不良のひとりだったけど、家庭内暴力で悩んでいておじさんはよく相談に乗っていた。おじさんは夜中に泣きながら訪ねてきたその子をその晩は家に帰さずに自分の家にかくまった。でもそれがいけなかった。翌日、その子は親に、きっと親が怖かったんだと思うけど、「先生にいやらしいことをされて怖くて帰れなかった」と言ってしまったのだ。それは事実ではなかったらしいけれど、噂はヒステリックに広まって、世間についた火を誰も止めることはできなかった。やがて暇なワイドショーの餌食になって、おじさんは職を失った。おじさんがどんなに弁明をしても、どんなに後から違う事実が出てきても、世の中は「いやらしいことをした人気の先生」というシナリオを絶対に変えようとしなかった。真実なんか世の中は求めていないのだ。転落していく誰かを探しているだけだ。しばらくしてすべてを失ってホームレスみたいになっていたそのおじさんを探し出して、この仕事を作ったのが三谷さんだった。三谷さんはおじさんのクラスの生徒で、手のつけられない不良だった三谷さんが、してもいない万引きを疑われた時、おじさんだけが、唯一最後まで信じてくれた。その時の恩を忘れていない、という話だった。

「やっぱ三谷さんすげえ」

その話を田原から聞いた高階は、ますます三谷に心酔した。直も自分と六、七歳しか変わらぬ三谷の圧倒的な人間力にただひたすら感服した。人間には持って生まれた器のようなものがある。三谷さんと自分の間には織田信長と百姓の次男坊くらいの差がある気がする。努力とか運とかでは埋められない差だ。でもその圧倒的な差のおかげで気持ちよく三谷を尊敬できる。そんな感覚はいままでなかった。大人なんかにそれを感じたことは一度もない。やっぱり間違いない、不良と呼ばれる人間のほうが義理がたく、不良を叩く奴らのほうがよほど薄汚い。三谷は小泉今日子というアイドルを自分たちの力で№1にする、という生き甲斐もくれた。素直に誰かを尊敬できるということがこんなに気分のいいものだとはじめて知った。親衛隊は自分たちのような不良を不良品扱いしない唯一の場所だ。大人のクソみたいなルールから守られた自分たちだけの世界だ。引き寄せられるように集まった不良品たちはみんな、その場所がどれだけ自分たちにとって貴重かがわかっていたから、ここでは生真面目でとても従順でそして仲が良かった。仲間とは同じ目的を持つもののことだ。そう考えたら学校なんかにいるはずない。この人のためならなんでもしよう。親衛隊のためならなんでもしよう。それがすべて小泉今日子のためになるのだから、シンプルで、最高だ。

「三谷さんってさあ」

最近の高階はそうやって三谷さんの話ばかりする。「三谷さんの親衛隊かよ」と直がからかうと「それも悪くないな」と真顔で答える始末だった。

直は誰よりもたくさんの葉書を事務所からもらって帰った。自分が貢献できることをとにかくやりたかった。段ボールいっぱいの葉書を部屋にどさっと置いてラジオを聴きながら、リクエスト葉書に、「小泉今日子／ひとり街角」と書きまくる。小泉今日子を『ザ・ベストテン』に送り込むのだ。腱鞘炎《けんしょうえん》になって悲鳴をあげる手首にかまわず一心不乱に書く。ラジオから聞き覚えのあるアイドルの声がした。

「あのねこのあいだ楽屋に行くエレベーターでね」

甘えた声、堀ちえみだ。小泉今日子もよく堀ちえみのことを話題に出すからふたりはきっと仲がいいんだろう。

「今日子がね、先に入ってて扉を開けておいてくれたんだけど、彼女両手がふさがってたの、どうしたと思う?」

その状況を想像したが答えは思いつかない。

「アゴでね、ボタン押したの! キャハハ」

いかにもやりそうだ。小泉今日子らしい。直は思いがけず本人の話を聞けて嬉しかった。高階に明日、自慢してやろう。

「そげんあん女がよかね!」

壁の向こうから聞こえてきた母親の怒鳴り声に直の幸せな気分があっという間にしぼんだ。

「なんも言うとらんやろうが」

「恥ずかしかっ」

「お前が恥ずかしがることなかろうがっ」

「絶対別れんけんね!」

また夫婦喧嘩してる。そんなに嫌いなら別れたらいいのに。くだらない。コンコンッコンッとせわしく窓を叩く音がする。時計はもう十一時をすぎている。誰だ。カーテンをあけるとすりガラスの向こうに見慣れたシルエットがある。高階だ。

「チョク、いいこと思いついた」

窓を開けると高階がその顔を乱暴に突っ込んできた。そして背負っていたダサいベージュのリュックを部屋に投げ込む。ジャッと聞いたことのない重い音がする。

「開けてみろ」

直がリュックの口をあけるとわっと金属の匂いがした。一体いくらあるのかわからないくらい滅茶苦茶な量の十円玉だ。時々銀色も見える。百円玉もあるのか。

「なにこれ、どうしたの？」

「カンパしまくるぞ」

高階は興奮していて直の質問を無視した。

「これからもっと稼ぐぞ」

そう言うと高階が自転車の後ろをパンパンと叩いて「早く乗れ」と言った。

「どこ行くんだよ」

「いいからいいから」

高階は夜の線路沿いを走りながらお気に入りのコールをひとりで歌いはじめた。

　この日差しは君のものお～

今日子　とってもコケティッシュ〜
今年の恋は今日子で　決まり〜
スマイルガール　ウ〜レッツゴ〜
今日子
L・O・V・E
キョウコオオオッー

普段あまり来ない隣駅の商店街を二人乗りで走る。人影が途切れたあたりで高階がペダルを漕ぐのをやめてあたりを見回した。そして直にはここで静かにしてるようシーッとジェスチャーをして、まるでトンボでも捕まえにいくような動きで角にある電話ボックスへ近づいた。誰に電話する気だ？　直は理解ができなかったが、悪い予感のようなものがして周囲に誰も人がいないか確認した。高階は電話機の脇にあるフックに細い鉄棒を刺した。そして力を込めて下にそれをひねる。ゴキッと鉄が切れるような意外と柔らかい音がして、少したってチャリンッ！　とひとつ金属音がした。ようやく高階が直を呼ぶ。近づくと高階がリュックをゴソゴソ広げるのが見える。そしてジャリジャリッと鈍い音をさせた。それはリュックのなかに落ちていく小銭の音だった。

「俺、天才かも」

高階のその顔は蛍光灯で夜に浮かんでピエロのようだった。

「これ、いくらあんの⁉」

「わかんねえけど、電話ボックスなんかいくらでもあるし」

「カンパばっちりじゃん」

直はこぼれた十円玉をかき集めた。高階は満足そうに両腕を組んだ。

「だろ、俺やっぱ天才かも」

「高階、お茶会いけちゃう？」

「いけちゃうだろ」

そう言うとうれしそうに両肩をつかんで直の目を見る。直も高階の目をじっと見た。何を言うか想像はついた。

「三谷さん、絶対喜ぶな」

翌日もふたりは夜になると出掛けた。これを長く続けるためにいくつかルールを作った。地元を避けること。ふたりでやること。こじあけたときに下に小銭が落ちて音を立てないようにバスタオルを準備すること。まとめて「回収」すると重くなるのでふたりともリュックにすること。それだけを決めて人気のない路地の公衆電話を狙った。盗んでいるものが小銭だったからかふたりにはまるで罪悪感がなかった。まるでタケノコ狩りにでも行くような気分だった。一晩でおよそ二万は軽く稼いだ。

それからふたりは電話ボックスのことをチョキンバコと呼ぶようになった。

1982年10月21日

ザ・ベストテン　第245回

1　すみれ September Love／一風堂

2　待つわ／あみん

3　ホレたぜ！乾杯／近藤真彦

4　少女Ａ／中森明菜

5　６番目のユ・ウ・ウ・ツ／沢田研二

6　けんかをやめて／河合奈保子

7　ダンスはうまく踊れない／高樹澪

8　約束／渡辺徹

9　横恋慕／中島みゆき

10　ひとり街角／小泉今日子

*

あっと言うまに松田聖子と肩を並べてしまった中森明菜や、デビュー曲がいきなりチョコレートのＣＭに使われて大ヒットした松本伊代に比べると、同期のなかで小泉今日子はそれほどパッとした存在ではなかった。親衛隊の努力不足のせいかも知れないが、他のアイドルたちに比べるとどうにも古い匂いのする歌のせいだと直は思っていた。昔の歌のカバーなんかしなきゃいいのに。だいたいライバルが多すぎる。数多く開かれる歌謡祭の新人賞はたいてい中森明菜か松本伊代のふたりかシブがき隊が争っていてそのなかに割って入るのはなかなか難しい。それはわかっている。わかっているがどうにも納得がいかない。小泉今日子の素晴らしさは誰にも引けを取らないはずなのに。

「新宿は小泉が新人賞だぞ」

田原が興奮している。幹部から一斉に連絡がまわってきたそうだ。ときどき思いもよらない形で小さな歌謡祭になると小泉今日子も候補にあがることがあった。何かやりとりがあったのか、もしかしたらお金が動いたとか、それとも事務所の大小の関係か、大人の事情か。あきらかにおこぼれのように見えたが、もらわないよりもらったほうがいいに決まっている。新人賞を盛りあげるため新宿歌謡祭に親衛隊は大集合がかけられていた。集まった皆はようやく見せ場が来た、と鼻息が荒い。

「田原さん、ちょっといい？」

高階が直と田原を木陰に呼び出した。そしてあたりを警戒するように見回して小声で言った。

「俺たち、カンパしたくて」

「そんな、無理しなくていいぞ、今日は集会じゃないし」

「十万ちょっとあるんで」

「え？　そんな大金？」

「俺たち、これからちょこちょこのくらいカンパできるんで」

高階の耳が赤い。チョキンバコから集めた小銭を午前中にふたりで郵便局に行ってお札に換えたのだ。「小銭をずっと貯めたんです～」と健気な少年のふりをして。

「やるなあ、お前ら」

「努力ですよ、努力。報われますよね？」

直も自分の耳が熱いのがわかった。

「報われるさ、それが親衛隊だからな。三谷さんとこ行ってこい」

「三人で行きましょうよ」

高階が田原の肩を叩いた。

「俺ら田原隊なんで」

直も田原の肩に手を置いた。

「お前ら最高だな」

田原が泣きそうな顔で笑った。

幹部はその金額に目を丸くした。三谷は三人を順番に見つめて「助かる」とだけ言った。

田原が「押忍っ！」と返事をしたが興奮しすぎたのか声が裏返った。

「どうやってこの金を集めた？」

三谷が高階の目を見る。高階にその質問をする鋭さが三谷にはある。

「秘密です」

ひるまずにそう答えた高階に一同が凍る。三谷は顔色ひとつ変えずに高階を睨む。

「どうやったら幹部になれますか？」

高階の一言にその場がさらに凍った。誰も動けない。

「何言ってるんだコイツ、すみませんっ！」

田原が高階を制御しようとする。高階は微動だにしない。

「どうしたら幹部になれますか？」

そしてもう一度同じ質問を繰り返した。三谷がもう一歩高階に近づく。そして顔を近づけてその瞳の奥を覗き込んだ。高階は動かず、目もそらさない。長い長い沈黙。

「あ、あの！　今日のコール考えましたっ！」

耐えられず直が思わず叫んだ。何を言っているんだ自分は。幹部のひとりが直を見る。

「コール？」

「はいっ、考えましたっ」

「……やってみろ」

思ってもいない展開になった。この場は一体どうなるのだろう。一体数時間後に自分はどうしているのだろう。

「行きますっ」

一度でもためらうと声がでなくなりそうで、直は思いっきりそう叫んでコールをひとり絶唱した。

ちえみに聞いたよ
キョウコチャーン
アゴで
エレベーター
ボタンを
押さないでぇ
L・O・V・E
キョウコチャーン
涙をふいてよ
僕らがついてる
キョウコチャーン

全員がきょとんとしていた。やらかしたか。
「超いいじゃん、絶対今日子よろこぶよこれ。ちえみがラジオで言ってたやつでしょ！
すごく今日子っぽいもん」
三谷の後ろから女の声がする。真っ赤なワンピースから見える白い腕。誰だ？　自分と同い年くらいにも見える。女は三谷のがっしりした腕にすっとそのきれいな腕をからませた。

「よし、今日はこれで行くぞ、お前らすぐ覚えろ」

三谷が幹部に言うと全員が「押忍っ」と短くきれいに揃った返事をした。表情ひとつ変えずに立ったままの高階に三谷が視線を戻した。

「お前、面白いな。名前は?」

「高階です! 高階良彦ですっ!」

「覚えとくぞ。あんまり無理するなよ」

「ハイッ!」

なぜか田原まで一緒に返事をした。

「次のお茶会にお前ら、顔出せ」

え? 三谷の言葉に全員目を丸くした。お茶会? あのお茶会か?

「よかったねっ」

さっきの女の子が直の目を見てニコッと笑った。風が吹いた。

「君、名前は?」

「直です。橋本直、チョクと呼ばれてます」

「敬語やめなよ、私、幹部じゃないし」

「……はい」

白いふたつの細い腕が風に遊ばれる長い髪を押さえる。そしてその一部始終をただ見ていた直の視線に気がついてその子が小さくフフッと笑った。

ちえみに聞いたよ
キョウコチャーン
アゴで
エレベーター
ボタンを
押さないでぇ
L・O・V・E
キョウコチャーン
涙をふいてよ
僕らがついてる
キョウコチャーン

直の考えたコールが響いた瞬間、小泉今日子は弾けるような笑顔になって口を押さえるのが見えた。ウケてる。自分の考えた言葉がコールになる。そしてそれが本人に届く。こんな快感があるだろうか。でもその日の小泉今日子の歌はワンコーラスだけだった。あっという間に受賞の発表になってしまった。もっとコールをしていたかった。

ステージにアイドルたちが一列に並んだ姿はやっぱり壮観だった。その時、キャーッとどこからか悲鳴が響いた。何が起きたのかわからずその声の主と声の理由を探す。ステージのうえで小泉今日子が青い顔をして立ち尽くしている。その顔に何か透明な液体がだらっとかかっているのが見える。

「卵だ！」

誰かが叫ぶ。小泉今日子の頭に卵の殻らしきものがのっかっていて、どろんとした白身が顔にかかっている。ステージで誰かが小泉今日子に近づく。中森明菜だ。その中森明菜がステージの上の照明のあたりをキッと睨んで、さっと小泉今日子の手をとってステージの袖に連れだした。泣きだす前の妹を連れだす姉のようだった。親衛隊のメンバーはみな走った。ステージの近くへ、犯人はどこだ。ぶっ殺すぞ。犯人はすぐにスタッフに取り押さえられて、警察に引き渡された。親衛隊が先に犯人を捕まえていたら一体どうなっていただろう、そいつを殺してしまいかねないその怒りは行き場を失ってまだ足もとをうろうろしている。犯人はステージの上にある照明のバトンによじ登ってそこから卵を落としたらしい。本当かどうかわからないが犯人は「松本伊代の親衛隊だ」という噂がすぐ広まった。新人賞をひとつ取り損ねたことに苛立ったファンの仕業らしい。結局最後まで真実はわからずじまいだったが、親衛隊の面々は目の前で起きた事件に、自分たちの意識の甘さをひどく恥じた。親衛隊同士は信じるものが似ているからかえって争いやすい。そんな基本的なことを忘れていた。同じようにコールしている横の連中がいつ敵になってもおかしくはないのだ。それから警備は親衛隊の最重要の仕事になった。

＊

そういえばコーヒーが苦手だった。つい背伸びをしてコーヒーを頼んでしまったことを直は悔やみながら、テーブルにあったスジャータを手当たり次第入れた。

「お子様かよ」

隣で田原が顔をひきつらせながら笑う。高階は無意識だろうか、普段しない貧乏ゆすりをしている。口が妙に乾く。店のなかには二十人くらいの男女がいて、いつもの特攻服を着ていない幹部の男が店の一番奥でなぜか参加している聖子隊の女子たちと馬鹿話で盛りあがっている。約束の時間がすぎると三人はますます無口になった。お茶会は赤坂のレストランを貸し切りにして開かれる。はじめて来る大人の雰囲気の場所で、これから一体何が起きるのか見当もつかず、直は一番端の席で乾いた口を何度か大きく開いたり閉じたりしていた。

「パクパク、鯉かよ。田原さんはお茶会、何回目？」

高階が聞くと田原が静かに答える。

「……実はじめて」

「何でも知ってるからてっきり」

「行ったなんて一言も言ってないし」

「高階、どこに本人座るの？」

「わかんないけど、奥のあそこじゃない？」

直はそう言われて、一番奥の幹部のいるところに小さなスペースがあるのを見つけた。

「ここから本人の声、聞こえるかな」

高階にそう言うと、田原が根拠なく自信満々に言う。

「聞こえるさ」

高階が鼻の穴を膨らませて嬉しそうにつぶやいた。

「でも近い。俺たち史上、最接近だ」

けれど嬉しさも、度を越すと吐き気を連れてくる。女神を前にして自分は果たしてどうなるのだろう。口が乾いて思わずコーヒーに口をつける。もはやコーヒー風味のスジャータだ。白い液体が唇の端でダマになる。聖子隊の子たちの会話の断片から、どうやら本人はこの近くのマンションに住んでいるらしいとわかる。そこから歩いてここにやってくるみたいだった。あぁ、歯をもっと磨いてくるんだった。

「本人に会うと風邪とか一発で治るらしいぜ。前は車椅子の女の子が歩いて帰ったって言ってたし」

田原の尾ひれのついた話を聞いていた高階が「クララかよ」と笑った。直は脈絡もなくアカオニの顔を思い出した。今自分たちは同じくらいの年のほとんどの連中が知ることもない世界の入口にいる。ざまあみろ。アカオニなんか死んでもお茶会に顔を出せるわけがない。あいつらは松戸の小さな町で威張っていればいいのだ。世界の大きさなんか知らずに生きてればいい。

「あの絵って本物かな」

壁にある馬の絵を見て田原がどうでもいいことを言った。ふたりは無視した。

「あ、本人」

田原の声はそんなに大きくなかったのに、店にいた全員が一斉に入口を見た。カランと呼び鈴の音をさせて入って来たのは三谷だった。その後ろに小さな女の子がいる。本人だ。みんなの興奮に比べて小泉今日子はとても静かだった。背中にスイッチがあるなら間違いなくオフだ。三谷が奥の席に連れていく。みんな小泉今日子の視線が欲しくて大げさに挨拶をする。テレビでは見たことのないだぼっとしたストライプの大きなシャツを着た小泉今日子は静かに優しく微笑んで、慣れた感じでスーッと奥の席まで行った。この世のものとは思えない。その後ろにこのあいだの女の子がいる。

「そういえばあの女、なんなんですか」

高階の小声があきらかに不愉快そうだ。幹部じゃないのに幹部より近くにいる。たしかに謎の存在だ。

「ヒメだよ、ヒメ」

「ヒメ？」

高階はわざと大きく聞き返した。

「しっ、三谷さんの彼女さ。だから皆そう呼んでる」

それですべて合点がいく。

「ちっ、女だからってさ、気に入らないなあ」

高階は憧れの三谷の横にいつでもいられるその特等席そのものが気に入らないようだ。

ヒメは小泉今日子のすぐ横の席に座ってかいがいしくいろんな世話をしている。飲みものを頼んだり、テーブルを動かしたり、その場をにぎやかにするために話題をつくったりしていた。

「あれ？　戸田くん髪切った？」

いつも強面の幹部が本人の前で突然ヒメに自分の話をされて見たこともない笑顔で頭を

かいている。

「ヨーコと須田くんってつきあってるってホント？」

本人の視線が聖子隊の女の子のほうに動く。いちばん派手な女の子がホント、ホント、と言うと「え〜いいなあ〜」と小さな声で本人が呟くのが見えた。ヒメのおかげで小泉今日子はスイッチをオフにしたままでいられる、みたいな関係で、それはそれで男の幹部にはとうてい務まらない役目に見える。あまり喋らずに微笑むだけの小泉今日子は、ずいぶんリラックスしている。それも親衛隊の素晴らしさだと直はすぐに気がついた。ここは女神も落ち着く仲間のいる場所なのだ。すべての動作を見逃したくなくて直は本人と目があったことも気がつかないほど見つめていた。

「こいつら新入り」

幹部が紹介をしてくれた。面通しだ。三人が奥のテーブルの近くに呼ばれた。目の前に女神がいる。直の脳ミソはこの状況をまったく処理しきれずに完全にフリーズしている。口をパクパクさせる溺れかけの鯉。顔が小さい。目が大きい。唇が薄い。鎖骨が細い。心のおっぱいは見えない。何を言えばいいのかわからない。口がただ乾く。

「高階です」

「ちなみにこいつ未来の幹部候補」

幹部のひとりが冗談まじりに言う。

「田原ですぅ！」

緊張のあまり田原の声がうわずる。

「田原俊彦です。本名ですっ！」

え？　田原さんの下の名前って俊彦？　それってあの田原のトシちゃんと同じってこと？　直と高階が目を丸くして、横にいる田原を見つめる。小泉今日子が少し間を置いて、そして手を叩いて大笑いした。

「……ウケる！」

「ありがとうございます！」

お茶会が一気になごんだ。

「今日子、この子、こないだのコール考えたんだよ」

ヒメが絶妙なタイミングで紹介してくれる。

「……ちえみのやつ？」

「橋本です、橋本直ですっ。チョクって呼ばれてますっ」

直は軍隊の新人みたいに返事した。

「あれ、ステージで笑っちゃったよぉ」

「がんばります！」

直はそう大きな声で言って、ズレた答えをしたことを後悔して次の言葉を探したが、目の前で微笑む女神にこのままでいいやと思い直した。小泉今日子はすぐにヒメとふたりで話をはじめた。その声は聞こうと思えば聞き取れるのだけど誰もそこには入り込めない小さなバリアがどこかある感じがした。

「背低いから社長がハイヒール履けって言うの。ずっとあんなの履いてたからさあ、ふくらはぎパンパンになっちゃうって、ホラ」

そう言うと右足を椅子にのせてヒメにそのふくらはぎを触らせる。

「硬くない？」

「え～硬いっ」

「ほんと、ヤダ～」

太ももの奥のほうが見えそうになって直は目をそらした。そこから後の記憶はまだらだった。高階も田原も見たことがないくらい幸せそうに笑っているが、なんで笑っているのかはわからない。夢だったとここで起こされても仕方ない。好きになってはいけないものを好きになっているのかも知れない。幸せを感じれば感じるほどそれを失う不幸に不安になる。ギリシア神話で太陽に近づきすぎて羽が溶けたのはイカロスだっただろうか。それは自分の力を過信した傲慢を諭す物語だった気がする。普通の中学生には考えられない場所に自分は今いる。田原の顔はすっかり上気して黒目が少し小さくなって忍者ハットリくんのような、宗教にでも洗脳されたような目になっている。怖い。高階が時折違うところを見ていることに気がついた。その視線の先に全体を遠目に眺めながらマネージャーらしき人物と別のテーブルで何かを話している三谷がいた。直はコーヒー味のスジャータに口をつけてあまりの不味《まず》さに口をつけたことを後悔した。

帰りの電車でもまだ耳の裏は熱いままだった。高階も直もさっきまで目の前に起きていたことを反芻《はんすう》しつづけてふたりでずっと黙っていた。江戸川を越えたあたりで高階がポツリと言った。

「俺たちの力で、小泉今日子を一位にしようぜ」

「ああ、やろう」

電車が揺れるたび、線路の継ぎ目がわかる。千葉に近づくにつれ、継ぎ目が雑に感じるのは気のせいか。高階が松戸に着く直前に言った。

「チョク、高校どうする？」

「まあ、行けるとこ行くよ。高階は？」

「俺はバカだから受けただけで受かるとこ」

窓の外にちらちらと白いものが見えた。雪だ。細かすぎるそれは風に振り回されているうちに融けてしまっていた。積もらない雪はなんのために降るんだろう。

＊

両親が離婚した。さして驚きもしなかった。父親が福岡の若い女とできて新しい暮らしをすぐに始めたらしく、どちらについていくのか？　という擦《す》った揉《も》んだはまるでなかった。母親はなぜか苗字を変えなかった。表向きは「息子の苗字が変わるとかわいそうやけん」という理由にしていたがきっと未練というか、父親に対する抵抗のようなものがそうさせたのだと直は思っていた。「絶対別れんけんね！」、いつかの夜中にそう叫んでいた母親のあの声が耳に残ったままだ。どうしてひとは感情にまかせると素直になれなくなるんだろう。どうして何かを伝えたがると言葉はとげとげしくなってしまうのだろう。どうして一度ずれてしまった感情は二度と戻ろうとしないのだろう。

それから少しして母親は自殺未遂をした。風呂場で手首を切って浴槽で気を失っているのを直が見つけた。積もる力のない雪がちらちらと降っている水曜の朝だった。二の腕をタオルで縛って止血したあと救急車を呼んだ。それからずっと薄目をあけて半笑いでいる母親の名前を呼び続けた。ずっと冷静でいられたのは、いつもより厳しい冬の寒さのせいと、いつかこうなるかもしれないとどこかで思っていたからだ。

心配した祖父母の配慮で福岡の実家の近くに入院することになった。時折泣き出す不安定な母親をほうってはおけず、直もしばらく祖父母の家に行くはめになったのはかなり苦痛だった。居心地の悪い高校にしばらく行かずに済む理由ができたのは悪くなかったが、テレビもラジオも松戸とはまるで違うし、そのあいだしばらく親衛隊に顔を出せない。福岡にいる仲間を紹介してもらえと高階に言われて電話番号はもらっていたが、自分は高階と違う。人見知りだ。下手に町を出歩いても、昔の同級生に出くわしたらどうしたらいいのかわからない。自分はここではゾンビだ。どうせみんな死んだはずの奴が歩いていると驚くだけだ。

直はどこにも行かず、誰にも会わず、いつも祖父母の家の裏にある愛宕《あたご》山の神社に登った。福岡は松戸よりずっと寒かった。冷え切った海を渡った風が耳をちぎりたがる。ここからは玄界灘が見下ろせる。はるか先に見える島影はだいぶ昔に韓国だと教えられた気がしたがうろ覚えだ。いくつもの小さなフェリーがどこかの島を目指して白波をたてている。石をおもいっきり投げる。ぶつけてやりたかった。

死にたいと思ったことは今まで何度もあったけれど、それは本気じゃなかった。実際に死のうとするのにどれだけの勇気が必要か想像もできない。母親のことを自分の人生の脇役だと思っていたことをどこか申し訳なく思った。当たり前だけど彼女の人生では彼女が主役なのだ。そのことをこんな風に気づかされて、たちの悪い澱《おり》のようにその申し訳なさが喉の奥のほうにこびりついている。

福岡に戻って二週間ほどたった夜、直は近所の電話ボックスのなかにいた。

「もしもし」

大人の男が出る。

「あ、すみません上村《かみむら》さんいますか」

「上村ですが」

「あ、沙穂さんを」

「君は？」

「あ、橋本です。同じ学校だった」

「……ちょっと待ってください」

父親だろう。太い声だ。呼び出したのは福岡の学校で好きだった上村沙穂という同級生だった。

なぜ電話したのか。魔が差すとはこのことか。少し後悔した。

「橋本くん？」

その声はあまり嬉しそうじゃない。電話なんかするんじゃなかった。

「うん、そう」

「どげんしたと？」

「別に用はないっちゃけど」

「ふうん」

「元気？」

「元気」

「声聞きたくなって」

「……そう」

「お父さん、近くにおると？」

「……おらん」

話が続かない。公衆電話がコインを飲み込む音がした。その音がもう電話を置けと言っているようだ。

「小銭がなくなるけん、また電話するわ」

そう言って直は電話を置いた。よくわからないことを時々してしまう自分が嫌いだ。上村の顔を思い出そうとした。どんな鼻だったっけ。あんまりよく思い出せなかった。そんなに好きじゃなかったかもと思った。ゾンビはおとなしくしとけってことか。

帰り道、坂の横にある植え込みに何かを見つけた。暗がりに小さく動く。それは手のひらよりも小さな仔猫だった。生まれたばかりなのか小刻みに震えている。近くに親はいるのだろうか、それとも生んでそのまま捨てていったのだろうか、どうしたらいいかわからず直はそのままにして家に戻った。

「シチューでよか？」

退院したての母親が久しぶりに台所に立っている。

「なんもせんと体に悪いけん」

祖母が直を見て独り言のように言う。

「なんでんよかよ」

「直、話があるっちゃけど」

祖母が真剣な顔をしている。

「あんたらこっち住み、頼子《よりこ》も仕事ばこっちゃやったら見つかるやろうし」

直は答えなかった。

「急やけん、答えられんやろうけど、仕方なかよ」

祖母は娘のことが心配なのだ。それは仕方のないことだとはわかる。けれど。

「すぐやなかよ」

母親は背中を向けたままそう言った。でも今さら福岡に戻るなんてありえない。直は無言で答えた。さっきの仔猫はどうしているだろう。さっきの頼りない仔猫が自分の正体にも思えた。拾ってやらなかったことを痛烈に後悔した。夜の雨が意地悪にふりつづけるなか一晩もいたらきっと死んでしまう。どこで飼うとか、そんなことは後で考えればいい。とりあえず暖かいここに連れてきてやろう。黙って家を飛び出してさっきの植え込みまで走った。祖母のつっかけは窮屈で安っぽくてこのまま走ると裂けてしまいそうだった。こんなビニールのつっかけのある家に住むのは嫌だと思った。そう思うと祖父母の家の階段の急さとか柱の古さとか和式の便器とかいろんなものが嫌になった。植え込みで仔猫はもう冷たくなっていた。小さな体はもう震えてもくれない。直は小さな死骸を両手で包んで温めた。そして生きているうちにこの手のぬくもりを教えてあげられなかったことを悔やんだ。あの時連れて帰っていたら死なずに済んだのかもしれない。冷たい仔猫は直の体温を少しも受け止めてくれない。直は祖母のつっかけのつま先で地面に穴を掘った。拳ひとつくらいの小さな穴に仔猫を埋めた。とりかえしのつかないことが重なって時は容赦なく前に進む。カセットテープみたいに巻き戻すことも、ゲームみたいにチャラにすることも許してもらえない。凍えた土がつま先の体温を吸って冷たくしみてくる。

家に戻ると食卓に並んだままのシチューに薄い膜ができていた。お茶会でコーヒーに入れ過ぎたスジャータを思い出しながら唇の端にできたダマを指でこそいだ。祖父母も母も、もうさっきの話を口にはしなかった。時間をかけて説得するつもりだろう。

朝が愛宕神社のむこうにいるうちに直は祖父の財布から二万円を抜いて荷物をまとめた。ここにいてもすることはない。自分は仔猫とは違う。自分の生きる世界がもうある。学校に戻る、とだけ書き置きをした。ここにいても、ただのゾンビだ。青春18きっぷを使えば鈍行で二十四時間で東京につく。西鉄バスの始発まで待てなくて直は博多駅のほうへ歩いていた。足が疲れるまで歩いて途中で電話ボックスに入った。

「もしもし、高階くんいますか」

電話に出た高階の母親が短いため息をついた。

「直くんは高校どこだっけ？」

自分の高校の名前を言うとふうと母親はまたため息をついて、「うちのとあんまり一緒にいないほうがいいわよ」と言った。びっくりするくらいのスピードで十円玉が飲み込まれていく。直は「また電話します」と言って早々に切った。

「もしもし、田原さん？」

そのまま今度は百円玉をいれて田原に電話する。

「おお、チョクっ。はやく戻ってくれよ、高階が警察に捕まった」

「高階が？」

足元がそわそわする。嫌な予感がする。ガシャッと音がして、そこで小銭が切れた。

＊

福岡から戻っても高階本人とは連絡がつかなかった。どこかで派手に喧嘩をしたらしいが初犯ということですぐに釈放はされたそうだ。福岡と東京では時間のスピードが違う気がする。こっちにいるといろんなことが同時に起きる。

「高階と最近会いました？」

「こんどの歌かなりいけるぞ」

田原の鼻息がかなり荒い。でもいつもよりテンションの高い話し方に、田原があまり高階のことを話したがっていないのがわかる。

「チョクはデモ、聞いた？」

それは本人が歌入れをする前の仮歌の入ったカセットのことだ。親衛隊には新曲発表会の準備のために事務所が先に渡してくれる。かなりの特権だ。

「これ、一位とりますね」

直は確信していた。「まっ赤な女の子」、変な歌だ。春なのにもう夏を歌っている。それまでの小泉今日子と違って妙に軽いノリだ。少女に背伸びをさせて大人の世界を歌わせるあの嫌らしい感じが消えている。とても彼女らしい歌に思えた。それは直のイメージする小泉今日子そのものだった。「あなたチェアアーの上で薄目あけてわたしのことを見た」のチェアーの部分を歌うときにチェアアーとアがひとつ増えるところとか、サビの「まっ赤な女の子」の「子」がきゅっとあがるところとか、その歌は小泉今日子の歌の魅力が息づかいにあることを知っていて、あきらかに彼女のために作られている。この歌はきっと売れる。

小泉今日子がデパートで新曲発表会をやるのはとても珍しかった。それだけ事務所も力をいれている証拠だ。日本橋三越の屋上に作られたステージはかなり質素だったけれど、客はまあまあ多かった。親衛隊の中でもこの歌の前評判はすごく高く「いよいよ小泉が天下とるぞ」とみんな口々にそう言いあってお互いの士気を高めていた。親衛隊のメンバーは時間になると他の客をあおるように客席の後ろに陣取った。そのなかで直は高階の姿を探したがどこにも見当たらなかった。

「もしかしてチョクさんですか」

「誰？」

声をかけてきたのは細目でキツネ顔の同い年くらいの男だった。

「カワニシと言います。このあいだ高階隊に入りました」

「高階隊？」

高階が隊を持ったというのは初耳だった。

「はいっ、よろしくお願いします！　よく高階さんからチョクさんの話、聞いています」

「……よろしく」

「自分、フリーなんで高階さんのこと、お任せください」

フリー？　ってなんのことだろう？　直が少し怪訝な顔をするとカワニシというその男はフッと小さく笑って「あ、自分学校行ってないんで」と言った。

「チョクさん、高校忙しいみたいですから」

慇懃《いんぎん》にお辞儀をして立ち去るその後ろ姿にどこか心を許せない男だと思った。それにしてもいつから高階は隊を持つようになったんだろう。自分の知らない高階を知って、それがいつのまにか小さな不安になって油染みのように胸に鈍く広がる。

「田原さん、高階って隊長になったんですか？」

「ああ、小さい隊、まかされたみたいだな」

田原はそれが気に入らないのか。どうして高階は何も教えてくれないのだろう。

「高階って喧嘩かなり強いんだな」

田原が話のトーンを変えた。

「このあいだ幹部が渋谷で襲われたって知ってる？」

聞いている。三谷のブラックジョーカーと敵対する暴走族に幹部が二人病院送りにされたらしい。でもそれは暴走族の話だ。親衛隊の話じゃない。

「その報復を高階がやったんだ。それで三谷さん、高階を隊長にしたんだ、今や武闘派の高階隊だ」

「武闘派って、それじゃあ、やってること暴走族じゃないですか」

「親衛隊のトップと暴走族のトップが同じなんだから、曖昧だよなそこは」

高階はなぜ自分に一言もそれを言わないんだ。見るとステージの横に数人の親衛隊がいる。このあいだの生卵事件以来警備は分厚くなり、そのせいで小さな喧嘩めいたこともよく起きていた。今日もやっぱり分不相応なカメラを持った同い年くらいの男たちが親衛隊と小競り合いをしている。

「お前ら、許可あんのか」

親衛隊の威嚇に相手も負けていない。

「お前の許可なんかいるのかよ」

ひとりがそのままカメラを構えて隊員をふざけて撮りはじめた。いつのまにか横から現れた親衛隊の男がそのカメラのレンズを鷲掴みにして、その勢いのままそいつの顔面にカメラをゴンッと押しつけた。

「……乱暴するなよっ」

「乱暴されたくなかったら下がれ」

文句を言いかけたが親衛隊のその男のあまりの形相に、そいつは言葉を失った。

「わかったよ、怖い顔するなよ。親衛隊はだから嫌なんだ」

男はブツブツ文句を言いながら客席に戻った。遠くに高階の姿を見つけた。

「高階……」

直の声は突然の大きな花火のパーンッという音にかき消された。演出の花火だ。音楽が鳴りはじめてイベントが始まる。司会のアナウンスが聞き取れないくらい親衛隊が叫ぶ。いよいよ小泉今日子の時代がくる。その気持ちでみんな喉がきれるまで叫んでいる。やがて袖から両手を振りながら本人が現れた。直はその目を疑った。アイドルとは思えない、いや女の子とは思えないほどのショートカットの小泉今日子。一体何があったんだ。大きな口を開けてニカッと笑うその顔を見て、それが本人の企みだとすぐにわかった。この曲にあわせて一気にイメージを変える気だ。ステージで弾けるその姿に妙にうれしくなった。前の髪型なんか忘れてしまうくらいそれは似合っている。最高だ。親衛隊のみんなも一瞬、躊躇《ちゅうちょ》はしたがすぐに新しい小泉今日子に熱狂した。その時だった。小泉今日子が右手をあげて大きく叫んだ。

「タハラーッ、行くよーっ」

　嘘だろ。親衛隊の全員が田原を見た。田原自身も何が起きたかわからずにいる。まさかのステージから逆コール。しかも名指し。いかに親衛隊といえ、いかにお茶会で間近で会ったとはいえ、いちいち名前を覚えてくれるアイドルがいるか？　ステージからコールしてしまうアイドルがいるか？　予想を裏切る天才だ。この人は何をしでかすかわからない。そうか、だから見ていて楽しいのか。どうだ、これが小泉今日子だ。完成度を求める松田聖子にも、純粋を求める中森明菜にもこれは絶対にない。親衛隊全員が同じ気持ちになっているのがわかる。ああ、ついてきてよかった。

「まっ赤な女の子」のイントロが流れはじめて、いよいよコールのボルテージがあがる。それは世の中への行き場のない怒りでもあり、救いを求める叫びでもあり、このどうしようもない場所でようやく見つけた光への永遠の誓いだった。ここに集まる人間にはここ以外に居場所はないのだ。今までの嘘や今までの仕打ちに対する怒りを全部声にして叫んだ。くだらない親の離婚のこと、母親の陰鬱な顔のこと、退屈で殺そうとしてくるクソみたいな高校のこと、どうなるかわからない夜のトンネルみたいな将来のこと、最近の高階に感じる微妙な距離のこと、どれだけ怒りを叫んでもそれはすべて愛に化ける。直は体の底にたまった怒りを吐き出して、それと同じ量の愛で満たされていった。すべてを捧げる相手がいる幸せがここにはやっぱりある。

「田原さん、鼻血」

田原の体が興奮に耐えられずに鼻血を出している。田原は手の甲でそれを乱暴に拭いて

「俺、今、死ぬのかも」と呟いた。

「田原さん、なんすかあれ!!」

ステージが終わると高階が興奮して近づいてきた。直のよく知っている屈託のない高階だ。

「俺、今日死ぬかもしれない」

田原の顔面が青くなっている。

「死んだほうがいいすよ、間違いなく今日が人生最高の日でしょ〜」

高階の軽口に直は少しほっとした。今日の田原には誰の嫉妬も追いつかない。隊のみんなが笑いながら田原を軽く叩きに来る。小突かれ続けて田原はずっと幸せそうだ。

「そういえば高階、隊長になったんだって?」

変なタイミングで直は聞いてしまった。

「ああ、結構新入り増えたから」

報復のことに高階は触れなかった。それが直には高階の隠し事のように思えた。でも、よくわからない今の自分の気持ちをそのまま言葉にしないほうがいい気がした。感情にまかせるとろくなことはない。

「チョクはフリーじゃないから、仕方ない」

その気持ちを見透かすように高階が言った。平日もフルに親衛隊できるカワニシたちと週末だけの自分には「仕方のない」差がある、ということか。

「この歌、絶対一位だな」

ふたりの硬い空気に田原が話題を変えようとした。けれど高階は話題を変えなかった。

「俺は親衛隊を大きくして、全国制覇する」

全国制覇という言葉に直は違和感を覚えた。小泉を一位にすることと、全国を制覇することがどうしても同じには思えない。撤収作業がだいぶ進んだ客席の奥で怒声がする。

「お前、なめてんのかっ」

白い特攻服がいくつか見える。幹部だろうか。見たことのある細身の男が囲まれた。すぐに殴り倒されて蹴りが何発も入る。そしてひとりがコールなめんな！　と吠える。

「……ヤキだ」

「……あそこまでやらなくても」

「ああいうのを許すと組織は腐るんだ」

高階が呟く。直はヤキを目の前で見るのははじめてだった。田原が憐れむように言う。

「半殺しか、金払って抜けるか」

細身の男が血みどろの顔で立ち上がったがまたすぐ蹴り倒される。

「……容赦ないな」

ヤキのあまりの徹底ぶりに田原も呟くしかなかった。

「親衛隊は仲良しグループじゃない」

高階が腕組みをしたまま言った。表情ひとつ動かさない高階に直はまた同じ違和感を覚えた。

「今日子隊、残ってるか」

幹部がベンチで仁王立ちになって叫ぶ。その怒声に空気が凍りつき全員すぐ集合して、後ろ手を組んで整列する。それはまるで軍隊だ。悪い意味で。

「本人の家に行った奴がいる」

ざわついた。それは最もやってはいけないことだ。本人の家はこの間お茶会をやった赤坂のお店の近くのマンションだということはわかっているが、家にまで実際におしかけるのはご法度中のご法度だ。プライベートは絶対に守らなければいけない。それは鉄の掟だ。

「ドアの前に猫が置いてあったそうだ」

猫？　聞くと、本人のマンションのドアの前に箱に入れて置いてあったらしい。箱にはリボンがしてあったからそれは誰かのプレゼントだと言う。

「その仔猫はどうしたんですか」

田原が聞いた。仕方なく本人が今は部屋で飼っているらしい。

「親衛隊はそんなことしませんっ」

誰かが言った。たしかに親衛隊の人間がやるとは考えにくい。

「これから家の近くも警備する」

「やります！」

間髪をいれずに手をあげたのはカワニシだった。

「うちの隊、フリー中心なんでずっと見張ります」

そう言うと高階が立ち上がった。

「高階、頼むぞ」

「押忍」

直は田原の顔を見た。なぜ田原はその猫が仔猫だとわかったのだろうか。プレゼントする猫だから仔猫だというのは普通のことにも思えるが、でも嫌な予感が消えなかった。田原の横顔はいつもと変わらなかった。

1983年6月16日

ザ・ベストテン　第279回

1　㋱組のひと／ラッツ＆スター

2　天国のキッス／松田聖子

3　真夏の一秒／近藤真彦

4　シャワーな気分／田原俊彦

5　探偵物語／薬師丸ひろ子

6　Zokkon 命（LOVE）／シブがき隊

7　まっ赤な女の子／小泉今日子

8　矢切の渡し／細川たかし

9　トワイライトー夕暮れ便りー／中森明菜

10　初恋／村下孝蔵

＊

神宮の道に銀杏の実がたくさん落ちていて、不用意に踏むと便所の匂いがする。ＮＨＫホールの収録に遅れてしまいそうで直は少しずつ早歩きになった。避けきれない銀杏の実のせいで靴はとうに便所くさくなっているはずだ。しかしまさか、「まっ赤な女の子」が七位どまりとは。その結果は親衛隊をかなり意気消沈させた。何か大人の陰謀と工作があったに違いない。どこかの事務所が局を買収したのだ。新しい番組プロデューサーは親衛隊をよく思ってないらしく組織票を排除するために、ランキングを決める要素のなかでリクエスト葉書の比率を下げたのだ。そういう憶測をして、隊員たちは溜飲《りゅういん》を下げようとした。それでもそれはみんなのなかに薄い怒りみたいなものになって貼りついていた。不機嫌はすえた匂いをさせた液体の水たまりのようにあたりにいつまでも広がっていく。

並木道から少し入った人影のない公園に白い影をみつけて直は立ち止まった。特攻服が数人妙な動きをしているのが見える。

「お前自分が何やったかわかってんのかっ」

「許してください」

「許されるわけねえだろうがっ」

怒号のなかに三谷の姿が見える。手には角材らしきものが見えた。直は木の陰に隠れてその様子を窺った。

「田原、目をつぶれ」

地べたに這いつくばっているのは田原だった。

「許してください、許してください、もうしません」

「なんで本人の家にヤラカシた！」

「猫、好きだってラジオで言ってて、どうしてもお礼がしたくて」

「田原っ！」

三谷が田原の背中に足を乗せた。声にならないうめき声をあげて田原が丸まった。三谷はまるで別人だった。大きな顔の傷が普段より目立っていて、少しでも触ると血が噴き出すくらいパンパンに赤くなっている。その顔を知らないのは自分だけだったのかもしれないと直は思った。

「それでも貴様、親衛隊かっ」

誰かが反対側から田原に土を蹴りあげる。

「なんでまた行ったたっ！」

「気になって……飼ってくれてるか……ごめんなさいっ」

「こいつ、俺を買収しようとしたんです。黙っててくれって」

カワニシだ。あのキツネ男がしゃしゃり出て犯人を見つけたことを得意げにアピールしている。無表情の高階が見えた。

「てめえ、どうしようもねえなっ！」

幹部が丸まったままの田原の頭に唾を吐く。

「ごめんなさいっ」

あのとき直が田原に感じた違和感の正体がわかった。だから田原はあの猫が仔猫だとわかったのか。田原はどうなってしまうんだ。

「ヤキにするか、辞めるか、どっちだ！」

嘘だ。今ここで親衛隊を辞めると言ったとしても間違いなく田原はボコボコになる。辞めたとてそれを避けることなどできる空気じゃない。それがわかって田原は何も答えずにうずくまって身を丸くしている。

「高階、ヤキ入れろ」

三谷は表情ひとつ変えずにそう命じた。後ろにじっとしていた高階が顔をこわばらせる。

「高階、お前幹部になりたいんだろ。こういうクズの扱い覚えとけ」

そう言うと角材をほうり投げた。高階はそれを無言で拾った。

「高階、許してくれ、たかしなぁ」

田原が情けない声をあげる。高階は背を向けていて、もうその表情は見えない。だが高階ならこの状況をどうにか切り抜けるはずだ。田原に落ち度をきちんと認めさせて幹部の溜飲を下げさせる方法を思いつくはずだ。ところがすぐに猫が車に轢《ひ》かれたみたいな永い悲鳴が響いた。銀杏の葉がザワザワと揺れる。高階が一切の躊躇なく角材を田原の背中に叩きつけていた。悲鳴は田原のものだった。腕組みしたままの幹部たちはまったく動かずに想像を上回る高階の行動にみな半笑いで固まっている。田原の泣き声がしなくなるまで高階のヤキは続いた。幹部のひとりが「そのへんにしとけ」と言った直後に角材が折れた。ちらりと見えた高階の顔は無表情のままだった。便所の匂いのする銀杏並木を直は走った。ショックだった。言葉がぽろぽろ背からこぼれていく。さっきの光景が一体何なのか考えたくもなかった。高階のあんな顔は見たことがない。とにかく全部を見なかったことにしたかった。

生写真のおじさんはもう店を出していて、直はそこにしゃがみこんで息が整うのを待った。

「お前がこの写真を手に入れると、お前は二百円を失うんだ」

落ち着くのを見計らったように生写真のおじさんがそう言うと歯のない顔で笑った。

「当たり前じゃん」

直は顔もあげずにいつもみたいに小馬鹿にして答えた。

「何かを得るとき、必ずひとは何かを失うんだ」

「……何言ってんの？」

「経験を得ると若さを失う。ニャンニャンしたら童貞を失う」

「くだらね」

「お前、もうニャンニャンしたか？」

「そういう言い方おっさん、似合ってないし」

「お前そろそろだしな、気をつけろよ」

「うるさいって」

「だいたい男はチンコで失敗するもんだ」

「しょうもないって」

「獲得と喪失は一体なんだ、覚えとけよ」

「失わずに得る方法を考えたらいいんでしょ」

「……それは無理なんだなあ」

「なんで？」

「駐車場と同じさ。空きが出るから新しいものが入れる。新しいものを入れたかったら、何かを外に出さないといけない。人間ってのはただの器なんだからな」

おじさんの言葉はいつも意味不明なくせに重い。重いくせに意味不明だ。おじさんならどうしたらいいか教えてくれるかもしれない。高階のあの顔がなんだったのか教えてくれるかもしれない。でもうまく伝える自信がない。自分は何を失おうとしてるのか教えてくれよ。キャアキャアうるさい田舎から上京してきた女の子の集団が集まってくると、おじさんは男のアイドルの写真を手際よく並べて直をシッシと手で追い払った。

「チョク、ひさしぶりだな」

振り返ると高階が笑っていた。黄色いシャツについている小さな赤いシミは田原の血だろうか。

「また大根オロシしなきゃな」

高階が直の視線に気がついて、ごまかした。

「話がある」

直は高階の言葉に身構えた。絶望した猫みたいな田原の悲鳴を思い出した。

「なんだよ怖い顔して」

高階にそう言われて無理に笑ってみせた。

「幹部になった。凄いだろ」

「幹部？　連合の？」

「そう。千葉の支部をまかされた」

それは想像もしていなかった大出世だ。生写真のおじさんがしていた獲得と喪失の話を思い出した。じゃあ、高階は何を失うのだろう。

「すごいなあ、すごい」

もしかするとさっきの田原へのヤキがその最終テストだったのだろうか。田原を失ってその力を得たということ？

「全国制覇のはじまりだ」

直の肩をつかんだ高階の手は熱を帯びている。じっと覗き込むとエメラルドグリーンの瞳が見える。

「俺はもっと上にいく。三谷さんを目指す」

「わかった」

「なんだよ、わかったって。もっと喜べよ、お前は副隊長なんだから」

「副隊長?」

「当たり前だろ、チョクは副隊長だ」

「でも俺は何も」

自分に副隊長なんてつとまるのだろうか。そう思いながら高階が自分を忘れていなかったことが嬉しかった。

「カワニシとふたりで支えてくれ」

カワニシ? あのキツネ顔もいっしょなのか。膨らんだ気持ちが一気にしぼんだ。

「あいつも副隊長?」

「あいつかなり使えるんだ、チョクともあうと思うぜ」

「うん」

嫌だった。でもそれは感情的なものでいじけたものだと自覚している。だから何も言えなかった。

「俺さ、学校やめる。どうせ行ってないし」

高階が清々しい顔をして空を見あげる。

「チョクはさ、頭いいんだから大学行けよ」

「そんな先のことわかんないって」

「ここ便所くせえな。銀杏ってこんなに臭いのに、本当に焼いたら食えるのかなあ？」

「高階、本当に学校やめるの？」

「俺の居場所はここしかない」

「……そうか」

「ここは努力が認められる場所だからな」

三谷というよりもはや田原の口ぐせ。田原はまだあそこでうずくまっているのだろうか。

「今日、田原さんは？」

直は鎌をかけるようにさりげなく聞いた。

「……本人の家に行った犯人、田原さんだった」

「そうなんだ」

「……あの人、やめるって」

「……そうなんだ」

自業自得とはいえ、あれだけのめり込んでいた親衛隊をやめて田原はこれからどうするのだろう。高階のシャツの赤いシミを見た。全国制覇。そのために暴力はどうしても必要なのか。やられたらやりかえす、やられるまえにやる、それを繰り返して力で人を束ねていくしかないのだろうか。アイドルを心から応援するために集まったのに、その集団の力を強くするためにはそうするしかないのだろうか。そのさきで、全国を制覇したら、小泉今日子は一位になれるのだろうか。この小さな違和感は自分に何を伝えようとしてるんだろう。直の肩に高階がまた手を置いた。

「副隊長、よろしくな。てっぺん目指そうぜ」

高階はもう幹部の顔だった。自信とやる気に満ちた生命力の強そうな笑顔。親衛隊は鉄の組織だ。全国に点在するいくつもの無秩序をまとめあげたのは上の命令は絶対であるというわかりやすいルールで、その頂点に三谷がいる。そのヒエラルキーのなかに自分のスタート地点を見つけて高階は野心に火をつけていた。

「お願いがあるんだけど」

「なんだ副隊長」

「俺たちの隊はさ、ヤキはなしにしない？」

ちょっと間があって、

「わかった。そうしよう」

と高階が言った。その顔はもういつもの高階だった。直と高階は握手した。いつのまに高階はこんなにゴツゴツした手になったのだろう。

1983年8月18日

ザ・ベストテン　第288回

1　ためいきロ・カ・ビ・リー／近藤真彦

2　探偵物語／薬師丸ひろ子

3　ガラスの林檎／松田聖子

4　半分少女／小泉今日子

5　時をかける少女／原田知世

6　悲しい色やね／上田正樹

7　僕　笑っちゃいます／風見慎吾

8　渚のライオン／早見優

9　ボヘミアン／葛城ユキ

10　エスカレーション／河合奈保子

＊

高階はそれから水を得た魚のようになった。水なしで生きていける魚はいないのだからよく考えたら変な言葉だ。でもそう言いたくなるくらい生き生きとしていた。幹部になると高階はその才能をどんどん開花させた。それに比べると、自分はいつまでたっても水なしの魚に思える。地方に散らばる小さな親衛隊と連絡をとりあってお互いが助け合う「同盟」というシステムを高階はつくりあげた。「同盟」の約束をした隊長が地方から東京に出てくると彼らが驚くほど手厚くもてなして、その心を見事につかむ。彼らのほとんどはその地方でそこそこ有名な暴走族だ。そうして築かれたネットワークは親衛隊の影響力を格段にひきあげていく。

「三谷さんってどんな人なんですか？」

最初のうちはそんな質問が多かったが少しもしないうちに、

「高階さんってどんな人なんですか？」

という質問のほうが多くなっていた。直は今日も静岡から来た仲間を出迎えるために東京駅のホームにいた。

「このキセルの方法も発明したの高階さんなんですよね」

「そうだよ」

一番安い入場券をたくさん買っておいて、それをホームで渡せば全国どこから来ても入場料金だけしかかからない。

「本人の楽屋にも行けるって本当なんですか？」

「まあ、高階に気に入られたらね。まずは警備、それからだよ。最近親衛隊に入ってないファンが調子乗ってるからさ」

「まかせてくださいっ」

力を蓄え、力を貸して、また別な力を得る。見事な力の錬金術だった。大人の作った世界に仕方なく反発させられている連中は、親衛隊の「努力が報われる世界」にやっぱり飛びついた。あの時の自分たちと同じように。高階はそれだけでなく芸能界にもだいぶ顔を売った。その名を一躍広めたのは、自分の隊を他のアイドルの親衛隊に貸す「レンタル」の発明だった。これはデビューしたてのアイドルや、慌てて借りた会場が大きすぎた時に事務所にとても重宝される。親衛隊の少ないアイドルのコンサートほど惨めなものはない。呼び出されると会場にさっと精鋭部隊が現れてあっという間に会場を熱で埋めてみせる。

もはやプロの親衛隊だった。売れたいもの、消えたくないもの、売りたいもの、からみあった思惑が高階たちの隊をますます大きくしていった。やがて千葉支部は関東支部となり、高階の隊は連合のなかでも最大に近い勢力になっていった。

そしてそれに比例するように小泉人気は高まり、まさに破竹の勢いだった。テレビで彼女を見ない日はない。どのチャンネルにもどこかで必ず出ている。どうして未だに新曲が一位になれないのか理解できないくらい、熱がどの会場でもあふれていた。そうなると当然、いろんな種類のファンが集まる。ますます妙な輩も増える。徐々に親衛隊の主な任務はコールではなく、そういう輩の排除になる。押し寄せるファンから両手を広げ身を挺《てい》して本人を守る。あまりにいうことを聞かない奴は容赦なく力で押さえつける。こちらからすると悪いのは奴らだ。でも時にやりすぎる親衛隊の〝警備〟はしょっちゅう小さな事件になって時々週刊誌にも書かれた。親衛隊を悪の組織みたいに書く記事は少なくない。

「最近、やりすぎじゃないか」

直は思い切って高階に忠告をした。このままだといつか大きな事件を起こしそうだと思ったからだ。妙なことにならないうちに高階と話しておこう。有楽町の純喫茶白鳥は最近のたまり場だった。冴えない歌謡曲が有線から流れている。一度も口をつけていないジンジャーエールの氷が大きくとける。たぶんもう不味い。

「なんだよそれ?」

あからさまに高階が不機嫌な声を出した。そこまでとは思っていなかったから直は驚いた。

「暴走族はやりすぎだろ」

つい気になっていた最近の噂に口を出した。高階たちが暴走族と喧嘩を繰り返しているらしい。

「先公かよ」

「そんなんじゃないけど、距離とったほうがいいって」

カワニシが口を挟んでくる。

「チョクさん、それ嫉妬ですか」

は? どういう意味だよ。

「あんまり顔出せないからって妙にがんばるの面倒くさいんですけど」

妙にがんばる、ってなんだよ。

「それに俺たち、全国制覇するためにやってるんですよ」

カワニシの半笑いがむかつく。嫉妬と言われて余計むかついた。それを否定できない自分も確かにいる。

「やられたらやりかえす、やられるまえにやる。それのどこが悪い」

高階が腕を組んでどかっと座った。

「それじゃあ、きりがない」

「どうしたらきりがくる？　いまさらあいつらを止められるのか？　チョク、もう始まってんだよ、ボケたこと言うなよ」

ボケたこと？　高階の言葉が棘のように心臓の裏に刺さる。

「チョクさん、平和ボケかあ」

カワニシが調子の外れた声で割り込む。あきらかに挑発している。直は拳をきつく握った。

「親衛隊と暴走族は、別だろ」

カランッと入口の鈴が激しくなった。親衛隊の男が飛び込んできて直の言葉はそこで切られた。

「やられました！　渋谷です」

高階より早くカワニシが立った。

「落ち着いてわかってることを言え」

その男は水を一口飲んで、それから一気にまくし立てた。東急の近くのゲーセンで幹部三人と隊員の何人かが襲撃された。相手は三谷たちブラックジョーカーと因縁のある「キラー」という暴走族。やられた幹部は背中にスプレー缶でキラーと書かれていたらしい。奴らはブラックジョーカーだけじゃなくて親衛隊もターゲットに「狩り」をはじめた。それはあきらかに宣戦布告だ。

「報復だっ」

高階が立つ。直は「高階っ」と力なく言ったがそれを高階は無視する。

「三谷さんはどこにいるんだっ」

「青年館前で集合かけてます」

「よし、高階隊も集めろ」

カワニシがそいつに命じる。

青年館前は殺気だっている。仲間が派手にやられたのだから当然だ。いつもの親衛隊の集会とは違う緊張感に全員が支配されている。はりさけそうな怒りで空気がイラついている。あちこちで改造バイクのエンジンが破裂するようなパパンパン！ という音をさせている。全員がただ号令を待っている。西日のなか三谷が鉄パイプを拾ってベンチのうえに仁王立ちになった。その姿に無秩序に見えた連中が一斉に沈黙して息をのんだ。三谷は威嚇するようにあたりを見渡すと鉄パイプをベンチの背に思いっきり叩きつけて、そして吠える。

「佐々木がやられた！　俺は奴らを許さん！」

親衛隊のときとはまるで違う。自らの軍を鼓舞する戦国の武将のようだ。

「今夜っ！　キラーをぶっ潰すっ！」

三谷のその言葉にオオッという雄叫びが沸き起こり地鳴りがした。コールとは違う地鳴り。高階の背中が大きく見えた。もう今さら何を言っても間違いなく無視される。そうでなくても「ボケたこと言うな」と一喝されるのは間違いない。

「高階隊、俺と一緒に来い」

直後の三谷に声をかけられて高階は全力で返事をした。

「押忍っ!!」

高階が直を見る。直は首を横にふった。高階が情けないものを見る目をする。直はその顔を一生忘れられないような気がした。

「なら、チョクはヒメを家まで送れ」

そう言うと高階が三谷の横で何かを耳打ちした。三谷が直を見て頷く。

「チョクさん、子守頼みますね」

カワニシがまた半笑いをした。そして小さな声で「腰抜け」と直にだけ聞こえるように言った。

「ステゴロなんて生ぬるいこと言ってんじゃねえぞっ」

三谷が角材をもった男たちに凄む。ステゴロ、つまり素手の喧嘩なんかじゃ今夜はすまない。

「二十歳になってない奴はナイフを使え。お前らは殺したって少年法がある」

三谷の少し後ろに不安で押しつぶされそうな顔をしているヒメがいた。叫びながらみな渋谷へ向かう。残されたのはヒメと、直と、誰かが落としたハチマキ、だけだった。さっきまでの熱気が嘘のように消えている。

「家はどこ？」

ヒメは小声で「三茶」と答えた。

「渋谷通るのはまずいか」

直がひとりごとのようにつぶやくと「山手線ぐるぐるしない？」とヒメが言った。足元のハチマキを拾ってバッグにしまっている背中が小さい。よく考えると同じ年くらいのただの女の子だ。

「山手線ぐるぐる？」

「一周だいたい一時間でしょ、お金ないときの暇つぶし。帰ったってすることないし」

立ち上がったヒメがスカートについた泥を払うと白い太ももが見えた。顔をそらしたけど目は残った。それからふたりはごった返す新宿の駅構内を歩いた。

「チョクってなんで親衛隊入ったの？」

なんでだろう。

「今日子好きだから？」

当たり前だ。

「今日子ってさ、あんな子いないよね」

今日子、今日子ってずいぶん馴れ馴れしい。そのぐらい近いってことか。

「このあいだ大阪いったとき帰りの新幹線みんなと一緒だったんだけどさあ、今日子って全員のアイス買って乗って来たんだよ。そんなアイドルいる？」

「いない」

「あ、やっと喋った」

「小泉今日子は女神だから」

直は独り言みたいに言った。

「女神？」

「特別ってこと」

「そうだよね。私たちってさ、今日子からいろんなものもらってんのよね。好きです！って何にも考えずに叫べる相手がいるって凄くいいことじゃない？」

「……うん。そうかもしれない」

「相手に好きになってもらいたいって思うのって、疲れるもん」

小泉今日子に自分が好かれる必要はない。自分だけが好きならそれでいい。確かにそれは一方的でとても楽な関係だ。

「私たちあの子に感謝しなくちゃね」

「してる。尽くしてるよ、みんな」

「そうだね。でも、みんな自分のためにそれやってるでしょ」

「……うん」

「アイドルってさ、勝手に尽くされてさ、大変な仕事だよね。私、無理だなあ」

ふうん。ヒメはその軽い見た目と違っていろんなことを「考える」女の子みたいだった。ネズミでもいそうな小汚い構内。肩をわざとぶつけてくる中年のサラリーマン。工事で止まったままのエスカレーター。ヒメと歩いていると直にはそのクソみたいな全部がまるで何かのアトラクションのように見える。さっきまでと同じ風景なのに。

「私さ、最近の親衛隊怖くて」

「うん、怖い」

「チョクも？」

「怖い」

「ふうん」

「なに？」

「チョクって、正直なんだね。あ、だから直か」

ヒメが少し笑う。

「どうして三谷さんと付き合ってるの？」

直球の質問。直はヒメの目を見た。ヒメはすぐに目をそらした。

「わかんない」

それは答えたくないという意味だ。さっきまでの空気がとたんに悪くなる。

「今日は外回りにしよう」

山手線は大きな駅に入るたびに登場人物を入れ替える。そのたびにまるで違う電車になる。目的を持たずに電車に乗ると、変わっていくその世界を楽しめる。面白い発見だった。

直はカバンからカセットボーイをだしてイヤホンの片方をヒメに渡した。そしてふたりはひとつの歌を半分こした。すぐにRCサクセションの「多摩蘭坂」が流れはじめた。

「私、これ好き」

自分の好きな歌を好きだと言われるとうれしい。流れる電線がメロディにあわせて波を描く。反対側のホームの人たちがミュージックビデオのエキストラに見える。次の一周はヒメの提案で他人のふりをしてふたりは離れて座った。時々視線を絡めていることに誰ひとり気がついていない。

（あのおばさんめちゃくちゃ太ってない？）

（どうやって座るんだろう）

アイコンタクトで会話をする。

（あ、おじいちゃん来た。直、席譲んなよ）

（こっち来る？）

（そっちがこっち来なよ）

（わ、あの子可愛い）

（なにそれ）

何周目だろう。ヒメが横で変なことを囁《ささや》いた。

「あの妊婦さんのお腹、偽物だと思う。丸すぎるもん」

「席譲ってもらうための芝居？」

「いやあれはきっと風船の爆弾。新宿あたりでドカンとやるつもり」

何年か前にやってた映画を思い出した。タイトルが思い出せないけどたしか沢田研二が爆弾作って政府を脅すイカレた映画だ。

「『太陽を盗んだ男』、観た？」

そうそれだ。爆弾を作ったはいいけど沢田研二は要求することがなくて、巨人戦を最後まで中継しろだとか、ローリング・ストーンズを呼べとか、言い出すんだ。めちゃくちゃクールだ。

「ヒメなら何を要求する？」

「私が爆弾を手にいれたら？」

「うん。世界の何かを変えられるとしたら」

「私だったらそうね、学校を全部つぶすかな」

「学校を？」

「くだらないじゃんアレ」

「賛成、大賛成」

「チョクは？」

「そうだなあ、小泉今日子のコンサートを貸し切りにする」

「え？　そんなのでいいの？　夢がないなあ」

「夢あるよ。夢そのものでしょ」

隣の車両の端に丸刈りの高校生が爆睡しているのが見える。よほど疲れているのか首が折れそうなほど上を向いて口をあけている。手には参考書があるから塾帰りだろうか。

「チョクって大学行くの？」

「考えたことない」

「じゃあ将来は？　どうするの？」

「考えたくもない」

「小さいときの夢は？」

「うーん。バキュームカーの運転手」

「は？」

「うちの小学校遠くてさあ。土曜に帰るときって給食休みだからめちゃくちゃ腹減るんだけど、いつも公園通るとバキュームカーの人たちがお弁当食べてて」

「お弁当食べたいからバキュームカーの運転手になるってこと？」

「それが夢だって文集に書いた。ヒメは？」

「内緒」

「なんだよそれ」

「笑わない？」

「人の夢を笑うようなやつに見える？」

「わたし、洋服つくりたいんだ」

「へえ、どういう服？」

「今日子のステージ衣装とかそういうの」

「……」

「バカにした？」

「するもんか、すごくいいじゃんそれ」

「そう？」

「絶対やんなよ、絶対いいから」

「うん」

「貸し切りの小泉今日子のコンサート、衣装やってよ」

「じゃあチョク、爆弾作んなきゃね」

日暮里駅でさっきの高校生がガバッと目を覚ましてホームに飛び出す。すぐにそこが違う駅だとわかったようだったが無情にもドアは閉まった。直はその彼に手を振った。彼は恥ずかしそうに頭をかく。何年後かにどこかで会ったりしたら面白いね、とヒメが笑う。サラリーマンが読み終わった『ジャンプ』を網棚のうえに投げる。次の駅で乗って来た別のサラリーマンがそれを拾って読み始める。網棚の『ジャンプ』はそうやってずっとリレーされてゆく。夜が深くなって終電が近づくと電車が驚くほど混み始める。酒と疲れたスーツの匂いが充満してヒメが顔をしかめる。息を殺して揺れに身をまかせているうちにふたりとも眠ってしまった。結局何周まわっただろう。車掌に起こされたのは新宿駅だった。

「もう終電ですよ～」

駅には終電がすぎたというのにまだたくさん人がいる。階段には酔い潰れた大学生の集団がいる。アルタの前のガードレールには誰かを待っているのか女の子が不安そうに座っている。

「渋谷、大丈夫かな」

ヒメがやっぱり三谷の心配をした。

「大丈夫」

なんの根拠もなく、無責任に言った。日本青年館のたくさんの雄叫びを思い出した。あのままキラーとぶつかって何も起きずにすむとは思えない。三谷の頬の傷を思い出した。高階の黄色いシャツの返り血を思い出した。カワニシの半笑いを思い出した。自分は一体何をしているんだろう。

「チョク、どうするの？」

「喫茶店で始発待つよ」

結局、そこから直はヒメをタクシーに乗せて三茶のマンションまで送った。その途中、タクシーにセンター街を通らせた。道玄坂のうえのあたりに数台のパトカーが止まっていて、たくさんの警官が見えた。音をたてずに回るサイレンがあたりのビルを赤く不穏に照らし続けていた。

「腰抜け」カワニシの半笑いをまた、思い出した。

*

三谷が逮捕された。衝撃が親衛隊に走る。警視庁には暴走族のリストがあって、三谷はずっと前からマークされていた。キラー側からあらかじめ情報を得ていた警察は渋谷襲撃を把握していて、待ち伏せに近い状態での現行犯逮捕だった。二十歳をすぎた三谷には少年法の恩恵はもちろんないから、出てこられるまでしばらくかかりそうだと誰かが言った。わかりきったことだったが集まった親衛隊はみなその言葉に深刻な顔でうつむく。それは幹部も同じだった。あんなに大人に見えた幹部たちも、三谷をたったひとり失っただけでずいぶん頼りなく見える。三谷の存在はそれほどやはり大きかった。背骨を失った組織は揺れる。揺れは不安を呼び、不安は怒りを生み、怒りは亀裂を孕《はら》む。親衛隊を潰せるこの好機を狙っている暴走族は腐るほどある。いつ攻撃されてもおかしくない状況だった。

「報復はきっかり三ヵ月後だっ」

大声をあげたのは高階だ。その声に幹部は顔をあげる。

「今動けば警察の思うツボだ。だから三ヵ月、みんな我慢してくれ」

異論はどこからも出ない。みな高階の次の言葉を待っている。

「三谷さんが帰るまで、隙をつくるな。まず、全国の隊長を集めよう。直接会って不安を消すのが一番だ。三ヵ月後にキラーだけじゃなく、狂走も潰す」

「大阪も？」

狂走は関西一の暴走族だ。

「攻撃は最大の防御だ。こういう時はみんな目的があるほうがいいんだ。それに三谷さんが戻ってきたときに喜ぶ顔を見たくないか？」

直は少し離れたところから高階の勇姿を見ていた。リーダーとは困難に遭遇した時にみんなに次の目標を与えることができる人間のことだ。高階にはその資質が十分すぎるほどある。

「みなさん、臨時の連合長を決めておいたほうがよくないですかぁ」

幹部でもないくせに高階にくっついているカワニシが言う。声のトーンがいやらしい。武士の決死の集会に顔を出した守銭奴の商人みたいだ。

「臨時の連合長？」

「連合長代理ってやつですねぇ」

「たしかにそういうのは決めておいたほうがいいかもな」

幹部のひとりがそう言って、自らが名乗ろうとした時カワニシがビクッとなるほど大きな声をあげた。

「高階連合長代理、どうでしょうっ。もちろん、三谷さんがでてくるまでですっ」

商人がいきなりバケの皮を剝いだ。自信みなぎるその声は、場の思考を停止させる。さっきみんな高階のリーダーシップを知った直後だけに誰も反対の声をあげられない。

「ではみなさん異論ないようですね」

いつのまにかカワニシが議事進行を仕切っている。そしてひとり拍手をはじめる。それを全員に強要していく。カワニシに言いくるめられるように、高階連合長代理が誕生した。強引ではあったが、高階がそのポジションについたことで空中分解しそうになっていた親衛隊はまた形を取り戻した。三谷が戻るまで耐えてひとつになり戦うのだ。自分たちの唯一の居場所である親衛隊を守るのだ。目的を与えられて集団は息を吹き返した。


待ち合わせの喫茶店でヒメはいつもとそう変わらない様子だった。いつかこういう日はくると思ってたから、と言ってアイスコーヒーをふたつ頼んだ。普通のコーヒーを乱暴に冷やしただけのアイスコーヒーはどこからどう見てもただの茶色い水だ。何杯飲めばこの苦味を美味しいと感じるようになるのだろう。だからお前はいつまでたっても大人になれないんだと言われている気がする。

「心配してくれてるの？」

「うん、一応」

「でも、自分でどうこうできないから」

「そうだけど」

「あのふたりって別れ話してるのかな」

ヒメが、奥にいる化粧の濃い若い女と中年男というバランスの悪いカップルを見つけて囁いた。鏡ばりの壁のせいで落ち着かない新宿の喫茶店は、あきらかに夜のはじまりを待つ大人たちでいっぱいだった。こういう場所にひるまないヒメに直は気《き》後《おく》れしていた。

「この服どう？　昨日ハニーハウスで買ったんだ。今日子とお揃い」

「え、あぁ、似合う」

「適当だなあ」

目の前でヒメが笑う。

「……大丈夫？」

どういう答えなら自分が納得するのかわからないまま直はまた聞いた。

「三谷って他に女いたみたい。知らない？」

直は知らない、と表情を変えずに言った。その質問にどう答えるのが正解かわからなかったからだ。三谷が捕まったのにどこか空々しいヒメの態度の理由がわかった。

「別にいいんだけどね」

別にいいというその言葉の意味はわからなかった。それでも好きという意味なのか、もう気持ちがないという意味なのか。女心は難しい。

「相手は大人だからさ、あんまり本気にならないようにしようと思ってたんだけどね」

そう言うとヒメはとけかけた氷をスプーンで探してすくってカリッと噛んだ。

「……でもブスだよ」

直はうつむいたまま言った。

「え？」

「全然ブスだよ」

「知ってんの？」

「知らないけどブスだよ」

「なにそれ」

すこし間があってヒメがフフッと笑った。

「ブスなんだ」

「うんブスに決まってる」

「でもさ、そんな慰めかたってある？」

「……ごめん」

さっきのバランスの悪いカップルの男の方だけが出て行く。男がいなくなった瞬間、若い女はさっきまでとはまったく違う気だるい顔になって慣れた手つきでタバコに火をつける。

「チョクみたいなのと付き合ってればよかったな」

「……」

テーブルのうえに滴《しずく》がひとつ落ちた。

「おかしいな、なんで泣いてんだろ。別になんとも思ってないのに」

直はテーブルのうえの滴を人差し指ですっと拭いて、そのままヒメの手を握った。白い指が直の手を握りかえして、指と指がからまる。

「大人のふりするの、疲れちゃった」

「俺……」

「なに？」

好きになってはいけないひとがいる。だから好きになってしまうバカがいる。もし今ヒメとどうにかなったら自分はもう親衛隊にはいられないだろう。そのぐらいはわかる。

「別に言わなくていいよ」

ヒメはそう言って手を離そうとした。直はもういちどその手を握った。

「優しいんだね」

もうヒメは指をからませることはなかった。

「別に三谷のせいじゃないから」

「うん」

「泣くの、今だけだから」

「わかってる」

さっきの女のところに別な男がやってくる。気だるそうな女の顔が愛想のいい笑顔に一瞬で変わる。

「チョクってさ、もうディズニーランド行った？」

ヒメが気持ちを切り替えるように話を変える。

「オープン前に招待で一度」

「なにそれ、オープン前ってどういうこと？」

「なんかまとめて招待されたから」

「なにそれズルい」

「ヒメは？　行ったことないの？」

「ないない。だってカッコ悪いじゃん」

「カッコ悪い？」

「みんな好きなのって、なんかダサくて」

「バレなかったら行きたい？」

「バレないなら、ね」

「こんど連れてってあげるよ」

「こんど？」

胸に小さな痛みが走る。どうして女はこういう顔ができるんだろう。

「チョクって兄弟いるの？」

「いない。ヒメは？」

「私は姉貴がいる。こないだ結婚したけど」

「年、離れてるんだ」

　ふたりはお互いの話をした。

「チョクって高階と一緒だよね、いつも」

「中学のとき、同じ日に転校して来たんだ」

「そうなんだ。高階って彼女いるの？」

「……知らない」

いないと言うのがなぜか嫌だった。

「ふうん。高階もてそうだけどね。女子人気あるし」

「あ、そう」

「フフッ、私はチョク派だから」

「なにそれ」

「人間中身よ」

「全然うれしくないんですけど」

ヒメが笑って直も笑った。

「ちょっといい？」

ヒメが内緒話をするみたいに顔を寄せた。直も小さな声で話せるように顔を寄せる。その瞬間ヒメが直にキスをした。驚いて目をむいて固まると、フフッとヒメが笑った。

「イヤ？」

それに答えずに今度は直からキスをした。テーブルでふたり腰を浮かせて唇を何度もくっつけた。たぶんさっきのタバコ女から見ると、そこらへんの動物が求愛しているようにしか見えないだろう。色恋は離れて見ると滑稽なものだ。

数日後、フジテレビの収録に顔を出すと、ホールの駐車場でカワニシがタバコを吸っていた。

「お疲れさまです」

慇懃な態度に苛立ちを覚える。無言でスタジオの入口へ歩く直の背中にカワニシが声をかけた。

「チョクさんって副隊長やめません？」

「え？」

立ち止まる。振り返りたくない。

「いや、あんまり来られないみたいだから」

「……」

「これから完全にフリー中心で行きたいんですよね。そっちのほうが隊も動きが良くなるし」

「……」

「あ、チョクさんは今まで通りでいいんですけど、その副ってのが。実際、僕だけで十分だし、みんなも納得すると思うんですよね」

「……」

「考えといてくださいよ」

直はそこで振り返って睨みつけた。

「おお、怖っ」

「お前、ふざけんなよ」

「どうでもいいけど高階さんの足、ひっぱらないでくださいね」

握りしめた拳を見つけてカワニシが鼻で笑う。

「どういう意味だよ」

直が睨みつけてもカワニシはひるまない。

「うちの隊、これからもっと大きくなるんで、中途半端は困るんですよ」

「どういう意味だよ」

今の直には中途半端という言葉が一番痛い。

「そのまんまの意味ですよ」

直はカワニシの胸ぐらを摑んだ。

「あれ？　意外と熱いんですね」

そう言うと、直の手を軽くポンッと外して半笑いのままホールのほうに歩いて行ってしまった。何人かの隊員がカワニシを迎えるようにお辞儀をしている。いびつな歩き方がアカオニを思い出させた。

1983年12月8日

ザ・ベストテン　第304回

1　瞳はダイアモンド／松田聖子

2　艶姿ナミダ娘／小泉今日子

3　ロイヤルストレートフラッシュ／近藤真彦

4　エル・オー・ヴィ・愛・N・G／田原俊彦

5　細雪／五木ひろし

6　ラヴ・イズ・オーヴァー／欧陽菲菲

7　GOOD-BYE 青春／長渕剛

8　Sweet Memories／松田聖子

9　釜山港へ帰れ／渥美二郎

10　挑発∞（MUGENDAI）／シブがき隊

＊

「チョクは大阪に来なくていい」

　みんなの前で高階にそう言われて驚いた。親衛隊が占領した喫茶店の一番奥に高階がいてその後ろにカワニシが見える。間違いなく奴の入れ知恵だ。暴走族との喧嘩に参加しても足手まといになるだけだし、そもそも行くつもりはなかったが、それをみんなの前で言われて直は立場をなくした。

「腰抜けのみなさんは、藤沢に行ってくださいー」

　大阪襲撃に行かない人間をカワニシは腰抜けと呼んだ。そういう奴は藤沢で同じ日にやるイベントへ参加しろ、と。

「カワニシ、そういう言い方するな。本当は親衛隊は藤沢に行くべきなんだ。俺たち大阪組のほうが別働隊なんだぞ」

　高階がカワニシをたしなめる。カワニシがベロをだす。

「言い過ぎちゃいましたぁ」

笑えない。カワニシが大阪の地図を広げて大阪組の作戦会議がはじまると、藤沢組は居心地が悪くなってポロポロと帰りはじめた。

親衛隊の混乱と反比例するように小泉今日子は売れ続けた。七枚目のシングル、「艶姿《あですがた》ナミダ娘」はついに二位までいった。タイミングが松田聖子の「瞳はダイアモンド」リリースと少しずれていたらきっと一位をとったはずだ。最近の小泉は路線を少し変えて、男女ともに受けそうな少しだけエッチな感じを狙った歌になっていた。そのおかげか確実に上位に入るようになった。直はシブがき隊みたいなその歌のタイトルがあんまり好きじゃなかった。

「8時だョ！全員集合」で歌う本人が少し元気がなく見える。大人っぽいメロディだからそういう顔を作っているのかもしれない。いや、最近忙し過ぎなのかも。それとも三谷の逮捕を知って心配しているのか。左ひじに手を添えてメトロノームみたいな動きをするこの振りつけも、妙に大人っぽい衣装もバランスが悪く見える。なんだか辛そうだ。サビになったとたん笑顔が戻るけれど、背中のスイッチがオンになっていないあのお茶会の時の見えないバリアをはっている姿を思い出す。

藤沢のレコード屋での小さなイベントは本当にあっという間に終わった。事務所のひとが古くからお世話になっている店で、どうにも断れなくて義理でやったらしい。殺人的に忙しいスケジュールのなかにこういうイベントがあると気持ちが参ってしまうのはわかる。

「今日子、機嫌悪かったね」

帰ろうとしたら声をかけられた。ヒメだ。なんとなく気恥ずかしくてわざとぶっきらぼうに「そうかもね」と返事をした。

人目を気にしてヒメのほうを見ずに空を見ると、トンビが三羽くるくると空を回っている。大きな二羽が雄で残りは雌だろうか。ときどき急降下しているのは何かを挑発しているのか、ただ遊んでいるのか。雄は雌の気をひこうと必死に見える。雌は雄に構わず空に浮いている。

「もう帰るひと？」

「？」

「ここ海近いんだよ、寄っていかない？」

「うん、でも……」

「ひと駅いくと辻堂だから後でその改札で会お」

ヒメが直の耳元でそう囁いてくるりと歩き出した。何人かの隊員たちがこちらを見ている。

「今のヒメさんですよね」

「そうだけど」

「三谷さんの彼女ですよね」

「そうだよ」

「すげー‼　三谷さんってどんなひとなんですか！」

　悪気のない新入りの親衛隊たちの質問に直は答えた。

「……小泉がどうやってデビューしたか知ってるか？」

「『スター誕生！』ですよね！」

「三谷さん、スタ誕の時にすでにオーディションの会場から家まで車で送り迎えしてたんだぞ」

「デビュー前に、ですか？」

「あの人はもう全部わかってたんだ」

「すげえ」

「まあ、小泉が特別ってこともあるけどな」

「さすが」

　そういう小さな伝説を嫌いな奴はいない。

「俺は人に会うからここで」

「押忍っ、お疲れさまでしたっ」

辻堂の改札は藤沢にくらべるととたんに地方の駅のようになって人もまばらだった。駅前もたいした店もなくガランとしている。改札をでるとすこし奥の券売機の横にヒメがいる。

「遅い」

「ゴメン」

「ここをまっすぐ行くと海」

「近い？」

ヒメは返事をせずに歩きはじめた。小さな商店街の角にサーフショップがある。横断歩道で信号が青になると車の音が消えてかわりに波の音が現れる。気がつかなかっただけで海はずっとそこにあったのだ。一度聞こえると波の音はそれからはずっと離れない。さっきまで息を殺していたくせに。家と家のあいだの舗装されていない路地の奥に白い砂が見えたとたん、ヒメが靴を脱いで走り出した。すぐにその背中を直も追う。砂は昼間の太陽を吸って、思ったよりもずいぶん温かい。白いふたつの足がパシャパシャと波を踏む。直がヒメめがけて波を蹴る。突然現れた大きな波が太ももあたりを濡らして、ヒメが慌ててスカートをたくしあげる。引き波が未練がましく白い足にしがみついてバランスを崩して大笑いする。次の大きな波から逃げて振り返ると悔しそうにもがく白い飛沫の奥に想像よりも深い波が削った海の底がちらりと見える。時折現れる海の底をふたりはしばらく黙って見つめた。ふたりでなら吸い込まれてもいいと直が思ったとき、ヒメが言った。

「今日はキスしないよ」

「わかってる」

わかってなんかいなかった。でもそう決めておけばするかしないかに心を支配されずに済む。

「チョクって泳げる?」

「普通に」

「あの船まで行ける?」

水平線にふたつのタンカーがいる。近くで見るときっと校舎ぐらいの大きさはあるあの船たちは本当はすごく離れているのかもしれない。

「行ける」

「嘘?　結構あるよ」

たぶん本当にやったら溺れ死ぬけど、なんだかその時は行けそうな気がした。

「グリーンフラッシュって知ってる?」

夕陽はもう眩しくなくなっている。直はだいぶ前にラジオで聴いた話を思い出した。

「なにそれ、知らない」

ヒメが知りたそうに近づく。

「太陽が水平線に沈む瞬間、緑色に光る時があるんだ。だからグリーンフラッシュ」

「そんなことあるんだ」

「見ると願い事がかなうらしい」

「チョクはそれ見たことある？」

「ないよ。いろいろ条件が揃わないと見られないって言ってた。でも、それを知ってから夕陽が沈むときはいつも見ちゃう」

「オーロラみたいなもの？」

「珍しいっていう意味ではね」

「今日、見られるかな」

「どうかな」

直が行こうとするとヒメがその腕を摑む。

「ヤダ、見たいっ」

直は仕方ないなあという顔を作ってみせて、シャツを脱いで砂のうえに敷いた。ヒメが

「ジェントルじゃん」とつぶやいて足の砂を払ってそこに座る。直はヒメの背中を抱えるようにその後ろに座った。嬉しそうに首を丸めてヒメは直の膝に寄りかかって体の力を抜く。ふたりは自然にひとつになった。水平線に太陽の半分が飲み込まれている。

「緑に光ったらお願い事する？」

「そういうもんじゃない気がするけど」

「でも、ありがたいものなんでしょ」

「じゃあ叶うかもね」

「私、願い事する」

「じゃあオレもする」

「何をお願いする？」

「それは内緒」

「今日はキスしないよ」

そう言ってヒメが直にキスをした。

「今日はキスしない」

そう言って直もヒメにキスをした。

「三谷にバレたら半殺しだね」

「半殺しじゃすまない」

「このままどっか消えちゃう？」

引き波がまた海の底を見せる。

「……あのさ」

「なに？」

「三谷さんと別れないの？」

「別れてよ、じゃないの？」

「……」

「チョクのこと好きだよ」

「なにそれ」

「それじゃダメ？」

「……」

聞かなければよかった。カセットテープなら巻き戻して消してしまえるのに。

「帰るね」

体育座りのまま直は返事をしなかった。ヒメはそうは言いながら立ち上がらなかった。

「チョクのこと好きだよ。でもどうしたらいいかわかんない」

ヒメは正直にそれだけ言った。

「このままでいいよ」

直も正直にそれだけ言った。昼と夜のあいだのあの世のような時間だった。

「あ、沈むよ」

ヒメの声で直は水平線を見た。あたりの雲の腹がオレンジに染まっている。太陽が海の向こうに飲み込まれた。緑に光ったようにも見えるし、いつもの日没のようにも見えた。グリーンフラッシュがどんなものなのか見たことがないから直にはよくわからなかった。

「光った」

ヒメが言った。

「……かな」

直は曖昧に答える。

「今この世界には私たちふたりしかいないの。だからふたりがそうだと言えばそうなの。他人にとやかく言われる必要はないの、でしょ？」

「じゃあ、光った」

「じゃあ、はいらない」

「光った」

「それでよし」

　ヒメが笑った。

「願い事、した？」

「してない。ヒメは？」

「忘れた」

「……嘘つき。ほんとはしたんでしょ」

「ねえ、チョクは私のこと好き？」

「……うん」

「どうしたいの」

「どうしたいって？」

「つきあいたい？」

「うん」

「じゃあどうしたらいいの」

「どうしたらいいって？」

「つきあうってなに？」

「……」

「セックスしたいだけ？」

「……」

「そうなんだ、最低」

「そうじゃないけど」

「けど？」

「三谷さん凄いし」

「なにそれ」

「ごめん」

「なんで謝るの」

「ごめん」

そして、ふたりは激しく唇を重ねた。本来くっつかないはずのものを、なんとかひとつにしようとするみたいに。そしてそれができないとわかると唇を離しておでこをくっつけた。そして急に恥ずかしくなってヒメが笑った。それからこんどは大人のようなキスをした。ゆっくりとやわらかく唇をつけてそのやわらかさを何度か確かめるように少しずつ横にしていって、最後に大きくヒメの唇を吸って小さくあいたその口に舌を優しくいれた。ヒメの吐息がもれてふたりの舌がからんだ。

「セックスみたい」

ヒメがそう言った。直は童貞だとばれないように何も言わず、もう一度それを繰り返した。

夕陽の名残りが消えると、海はいつのまにか夜になっていた。夜になると海は野獣のように低い唸り声をあげる。もう海の底は見えなくなっていた。星のあまりないその夜の海はなんだか怒っているようだった。

*

こんなに短期間で人間は変わるものなのか。直は目の前で大股を広げて座るカワニシを見て、まず驚いた。

「コーヒー、アイスな」

自分の偉さを誇示するように横にいる後輩を見ずに言う。後輩はカワニシの声を聞きもらさぬよう常に体をこわばらせていて、何か言われるとすぐに「押忍っ」と言って下がる。大阪から戻ってきてひと月もたってないのにずいぶんと偉くなったものだ。

「チョクさん、足ひっぱんないでくださいって言いましたよね」

テーブルのうえのお冷のコップの下にたまった水滴を右手でさっと払う。そしてその手をペロリと舐めた。やっぱりコイツの前世は爬虫類に違いない。

「三谷さんが捕まってる隙に、よくやるよ」

そのひとことで直は顔面から血の気が引くのがわかった。貧血で倒れる直前のあの感じ。

「なんのことだ」

「とぼけてもねえ、こっちの情報網、舐めないほうがいいですよ」

こいつがどうしようとしているのかまだわからない。先にこちらの手を見せては負ける。

「ヒメさんに手出しちゃやばいでしょ」

カワニシが一枚カードを切った。

「手なんか出してない」

「見たって奴らがいるんでね」

「……どうするつもりだ」

「三谷さんに言ってぶっ殺してもらいます」

田原にヤキをいれているときの三谷の顔の傷を思い出した。

「なんてね～冗談ですよ冗談」

「……」

「もっとエグいの考え中ですぅ」

カワニシの大阪遠征での武勇伝はすでに伝説扱いだった。路地に針金をはって敵のバイクを次々転倒させて、狂走の幹部を十人は病院送りにしてしまった。それはどう考えてもフェアな方法じゃないし、狂走の怒りをやみくもに掻き立てるに違いないえげつないやり口だったが、敵の陣地に乗り込んで不安のなかにいた親衛隊の連中の気勢をあげるには十分だった。いかにもカワニシらしい卑劣な戦い方だ。どうにも好きになれない。なぜ高階はこんな奴を重宝するんだろう。

「まず、副隊長、やめてもらいましょうか」

きた。実質的にあきらかにカワニシのほうが直よりも権力をもっている。もう気にする必要もないくらいだ。だがこいつはなぜかそこにこだわる。

「三谷さんに殺されるより全然ましでしょ?」

それだけで済むとは思えない。さっきこいつは「まず」と言った。弱味をにぎったカワニシは楽しそうにその急所をいじる。

「そんなに気にしなくてもいいだろ、俺のことなんか」

「たしかに」

カワニシが半笑いになった。

「なんででしょうね。高階さんもチョクさんのことはただの同級生だって言ってるんですけどね」

高階がそんなことを言うはずがない。いや、でもわからない。最近の高階は今までの高階と違う風景を見ている。いや、でもわからない。カワニシの嘘かもしれない。言われたくないことを言われたくないタイミングで言う才能がこいつにはある。何を考えているかわからない爬虫類の瞳孔がシュッと縦に細くなった。

「高階がそんなこと言うわけない」

　必死の抵抗も虚しくかわされる。

「チョクさん、なんか自分のことを高く評価しすぎじゃないですかあ」

「そんなこと言わない」

「まあ、副隊長はやめましょうかね。僕から言うとあれなんで、自分で高階さんに言ってくださいね。それからヤキにするか、どうするか一番面白い方法考えますよ」

　最悪だ。

「俺が勝手に好きになっただけだ」

　こいつがヒメを攻撃しないようにしなくちゃいけない。

「あら？　あらあら～言っちゃいましたねえ」

「だから俺が悪い」

「なにそれ、かばってるつもり？」

「そんなんじゃない」

「ダセエんだよ」

　突然カワニシが低い声を出した。こういう理解できない緩急が恐怖を大きくすることをこいつは知っている。

「ヒメに何かしたら殺す」

「チョクさん、かっこいい～っ、惚れちゃう～」

カワニシが茶化しながら拍手した。アイスコーヒーがようやく届いた。もってきた後輩の太ももに蹴りをいれて「どんだけ待たせんだよっ」と凄んだ。


湿気は重くそれらしく溜まっているのに、夜になっても雨はまだ降らなかった。こういう夜は部屋がカビ臭くなって憂鬱になる。十時の時報のあと、ラジオから松本伊代の鼻声が聞こえてきた。「吉田照美のてるてるワイド」のなかの、「松本伊代のチャレンジ名作ライブラリー」というコーナーだった。風邪をひいているのかいつもより鼻声がひどい。

「今週は北杜夫さんの作品、
『どくとるマンボウ航海記』。
今夜の伊代の感想文。
小さなトンボが広い海を渡るなんて
雄大なロマンを感じますね。

きっと私たちも不安と希望の入り混じった人生の海を渡っていく小さなトンボなんだと思います。一生懸命生きても、いい加減に生きても、一生はいっしょ。どうせなら楽しく生きていきましょうね」

直はラジオを聴きながら目を閉じた。辻堂のあの海をトンボが波を避けながら必死に沖に向かって飛んでいる。トンボはその先に陸地も船もないことを知らない。ただ波を避け、波がつくる風に飛ばされてそれでもただひたすら飛んでいく。沖に行けば行くほど絶望の波は大きくなるのに、それを振り払うように必死に羽根を動かしている。それが海と呼ばれるもので、自分などに越えることなどできないものだということをトンボは知らない。トンボは自分と鳥の違いも知らない。トンボは自分がどこを飛んでいるのか知らない。トンボは自分がオニヤンマという名前で呼ばれていることも知らない。

電話が鳴った。母親が出た気配がする。少したって奥から声がする。

「藤崎さんって女の子から！」

ヒメだ。

「おらんって言って！」

「向こうに聞こえとうばいっ」

「いいから、おらんって！」

母親が謝る声が聞こえる。

「次はあんた自分で出りぃ！」

返事はしなかった。このまま自分が近くにいるとヒメに確実に迷惑をかける。カワニシの動きはわからないが自分が目立つと必ずあいつは何かする。三谷の怒りが自分に向くか、ヒメに向くか、ふたりともか、見当がつかない。今の自分にできることといえば、ひとつだけだった。

「あ、高階？　うん俺」

珍しく高階は家にいた。

「……高階」

「なんだよ、電話なんか珍しいな」

「俺、副隊長やめるわ」

「……」

「悪い」

「……わかった」

正直、ひきとめられると思っていた。ひどくあっさりした返事に拍子抜けした。高階はそのまま何も言わず電話を切った。トントトトン、トトトトトン、と雨がトタンの屋根を叩き出した。それはいくら待っても音楽にはならなかった。

1984年5月10日

ザ・ベストテン　第326回

1　涙のリクエスト／チェッカーズ

2　サザン・ウインド／中森明菜

3　モニカ／吉川晃司

4　渚のはいから人魚／小泉今日子

5　ワインレッドの心／安全地帯

6　喝！／シブがき隊

7　プロフィール／倉沢淳美

8　君が嘘をついた／オフコース

9　誘惑光線・クラッ！／早見優

10　稲妻パラダイス／堀ちえみ

＊

駅前の交差点に見覚えのある奴がいる。アカオニだ。向こうも直に気がつく。直は背中をすこし硬くして信号が青になるのを待った。このままだとすれ違う。

「赤尾、遅《おせ》えんだよっ」

アカオニが不良たちに囲まれた。アカオニと同じこの近くの高校の制服だ。たくさんの鞄をもたされたアカオニが三人の不良たちに交互に小突かれている。このあいだまでの自分のようだ。

「スミマセン」

「おーまた泣くぞ」

直はちょっと前に夜中のテレビでやっていた、『猿の惑星』という古い映画を思い出した。猿と人間の立場が逆転したSFで、宇宙船が不時着したその星は猿が支配している。人間は知性の低い下等動物で猿によって虐げられていたのだが、そこに突如現れた言葉を話す人間に猿たちは恐れを抱く。その恐れは暴力を生みやがて悲劇を生む。猿と人間を入れ替えたその設定が人間がいかに酷いことをしているか浮き彫りにする。あんなに威張っていたアカオニが別の猿の星では下等生物扱い。蹴りを入れられながら横断歩道を渡ってくるアカオニを、直はなぜだか自分の一部が小突かれているような気がして一切見ることができなかった。

あたりに漂いはじめた焦げた安っぽい匂いで、自分がめだかの近くにいることに気がついた。そういえばもうだいぶゲームなんかやっていない。カチカチは高階に貸したままだ。階段を降りると、並んだゲーム台が、相変わらず主人を失って何をしたらいいのかわからなくなったロボットみたいに寂しくメロディをたれ流している。一番奥にあるはずの「平安京エイリアン」を探した。でもそこには見たこともない横スクロールするシューティングゲームが置いてあって、もうどこを探しても「平安京エイリアン」は見当たらなかった。直はそこでようやく、かなりの数のゲーム機が入れ替わってしまっていることに気がついた。それだけ来ていなかったということだ。仕方なくやったこともないゲームをやる。慣れると面白いのかもしれないが、どうしてもレベル３の不規則な動きをする敵が倒せない。すぐ小銭がなくなって、直はチッと舌打ちをした。カチカチさえあればいくらだって時間は潰せるのに。

仕方ない、高校に行くか。駅からバスに乗る。昼が近いから本数も乗客も少ない。江戸川の土手沿いの道を走っていく。いくら川面を見つめていてもいったいそれがどっちに向かってながれているのかまるでわからなかった。澱んでいる。この川とあの辻堂の海がつながっているというのが信じられない。どうせ底にはヘドロがたまっているんだろう。ドブと同じだ。橋をこえてバスは高校前に着く。この時間に降りたのは直だけだった。

教室は静かで、久しぶりに現れた直をなんの反応もなしに飲み込む。大学受験するやつが大半で、お腹をすかせた獣をいれた檻のようだった中学に比べたら断然大人だ。でも親衛隊に比べたら、みんな同じ顔をした人形の集まりみたいで退屈に支配されているようにしか見えない。そういえばこの高校の話を高階にしたことはほとんどない。興味を持たないだろうというのもあったけれど、なんだかひとりだけズルをしているような小さな罪悪感があったからだ。その感じは今もまだある。安全地帯でぬくぬくとしやがって。きっとそう思うだろう。自分ですらそう思うくらいだから。

グリコの　せい品に　せいさんソーダ　いれた
グリコを　たべて　はか場え　いこう

グリコの社長を誘拐した犯人たち「かい人21面相」はこんどは、お菓子に青酸ソーダをいれた。そしてその脅迫状を新聞社に送りつけた。そしてあらゆるお菓子売り場からグリコが消えた。犯人たちは三億円を要求していた。賢い犯人の見事なその手口に、クラスはみな夢中だった。『太陽を盗んだ男』の沢田研二のほうがはるかにいけてるのに世間知らずな奴らだ。直はひとりそう思った。もう高二になって二ヵ月たつのに、クラスの半分も名前を覚えていない。もちろんクラスの半分も自分の名前を覚えていないだろう。ワックスの缶が教室の後ろに置いてあって、尖った油の匂いがする。どういうわけかその匂いが福岡の頃、隅で背中を丸めていた教室の記憶をごっそりと思い出させた。そのあまりの鮮明さに直は驚いた。その時は気がついていなかったけれど、斜め前に座っていた女の子はクラス中からいじめられていて机のなかに誰かの上履きがねじ込まれていた。それを自分は見ていたのに見えていないふりをした。その光景をどうして今更思い出したのかわからない。あの時何もしなかったことを後悔しろ、ということだろうか。匂いは時々そういう悪戯をする。掘り起こされた記憶は遠いくせにうるさい。そうさ、人生なんて後悔するようなことだらけだ、どうせ。

　ヒメから何度か電話があったが出なかった。声を聞くと後先考えず自分がどこかに走り出してしまいそうだった。会いたかった。抱きしめたかった。もう一度あの柔らかい唇を吸いたい。誰にも相談できないと辛さの濃度があがっていく。目を閉じるたびにヒメの顔が薄くなっていく気がした。このまま思い出せなくなったらどうしよう。生写真のおじさんに聞きたかった。何かを得たら何かを失うんだろ？　これじゃあただ失っているだけなんだけど。その夜、電話が鳴った。直はついに電話に飛びついた。

「チョク、久しぶりっ！　元気してるかあ？」

田原だった。その変わらないテンションに拍子抜けした。でもそれが妙にうれしかった。なんだか胸の奥のほうがほっとする。

「急にお前の顔、思い出してさ」

「田原さん、会いたいです」

「なんだよ〜うれしいなあ、さすが田原隊第一号」

田原さん、それはまだ笑えないよ。直はそう思いながら笑った。

久しぶりの田原はずいぶん垢抜けていた。ふたりは松濤の裏路地にある古い喫茶店に入った。田原はネルドリップの珈琲の匂いが店に染みついている静かなこの店の常連のようだ。奥の大きな椅子に腰掛けると指をふたつたてて珈琲を注文する。

「あ、チョクって珈琲苦手だっけ」

「ミルク入れたら大丈夫です」

立派な喫茶店で珈琲が苦手だとは言いづらい。

「俺さ、実家でレンタルレコードの店始めたんだ」

「へえ」

「これが当たっちゃってさ、まいったよ」

「友&愛みたいな？」

「そうだな、ゆくゆくはチェーン展開するつもり。たくさん仕入れたほうが絶対儲かるし」

「社長？」

「いや社長は親父、おれは専務」

「専務？」

「小さい会社だからさ」

「すごいなあ」

「こんど遊びに来いよ」

「はい」

でてきた珈琲に田原が勝手にミルクをどぼどぼ入れた。

「入れすぎですよ」

久しぶりの田原は変わらない。ヤキを入れられて背中を丸めて泣いていた姿を思い出した。

「高階、元気？」

田原の顔から笑顔は消えている。直は何を言えばいいかわからなかった。

「お前らなら絶対、天下とれると思う」

「天下？」

「そう天下。まだ誰も知らない頂上だよ」

「三谷さんの後ってことですか」

「もっともっと上だよ、そういえば三谷さんってもう出て来た？」

「いやまだみたいです」

「そうか。でもさ、お前らなら天下統一できるって。まだ戦国時代みたいなもんなんだから」

「……」

「お前はそんなかもしれないけど、高階は目指してるだろ」

「全国って制覇しなくちゃいけないんでしたっけ？」

「お前らはふたりコンビだからいいんだ、そのことを忘れるなよ。忘れたらヤキいれるぞ」

田原のヤキという言葉に直は心の端っこを固くした。

「俺さ、恨んだりしてないよ。楽しかったし、今あるのはあのとき辞められたからだし」

「……」

「高階はああするしかなかったんだ」

「高階に会いました？」

「会うわけないじゃん。会ってもチョクみたいには声かけらんないよ。どうせ偉くなってるんだろ」

直はカワニシの話は生臭い気がしてできなかった。自分のいたポジションは今やすっかりカワニシのもので、自分は副隊長をやめただけじゃなく親衛隊にすら最近行っていないことをこの人には言えなかった。あんな風にヤキをいれられてもまだ親衛隊を大切に思っているこの人に、今の親衛隊のことをそのまま言うのは残酷な気がした。

「最近、本人元気ないような気がすんだけど」

田原のそのひとことから直は話題を小泉今日子に変えた。話をしているうちにアイドルのことをこんな風に真剣に語りあうのはずいぶん久しぶりで、大切なものを忘れていた気がした。

「俺たちってさ、なんか役にたったのかな」

直はヒメの言葉を思い出していた。

「僕たち、本人からいろんなものもらってばっかりですもんね。好きだっ！　って何も考えずに叫んで、いろんなものぶつけちゃって。それを全部笑いながら受け止めてくれて」

「感謝しなくちゃな」

「感謝しなくちゃですね」

冷めた珈琲をひとくち飲んだ。ミルクがダマになって口の端で固まった。

「チョク、変わんねえなあ」

それを田原が笑った。

1984年8月2日

ザ・ベストテン　第338回

1　迷宮のアンドローラ／小泉今日子

2　ケジメなさい／近藤真彦

3　雨音はショパンの調べ／小林麻美

4　ふたりの愛ランド／石川優子&チャゲ

5　哀しくてジェラシー／チェッカーズ

6　STAR SHIP／ALFEE

7　アッパレ！フジヤマ／シブがき隊

8　NEVER／MIE

9　ミス・ブランニュー・デイ／サザンオールスターズ

10　長良川艶歌／五木ひろし

*

「ザ・ベストテン！　今週の第一位はっ！」

その日はついに来た。

「小泉今日子さんでっ、『迷宮のアンドローラ』ッ!!」

おおおおおっ！　直はテレビを見ながら吠えた。この瞬間をどれだけ待ちわびたことか。このためにどれだけ努力したことか。このためにどれだけ耐えたことか。画面のなかで切なく歌う小泉今日子はこの二年であっという間に大人になった。着せ替え人形みたいだったデビューの頃が嘘みたいだ。迷宮のアンドローラ。切ない恋の歌。そっとぉそっとぉさよならぁ、小泉今日子の懸命な息がその歌をまた切なくさせる。ああ、その歌は直の胸に小さなブラックホールをつくる。ぐぐっ、ぐぐっ、と色んな感情をその穴は飲み込もうとする。飲み込まれて消えてしまう寸前にあらゆる感情が切ない音をたてる。切ないその音の欠片がこの世に未練を刻みたがって刺さりつづける。誰にも共有できない。言葉なんか追いつけない。結果ただ、苦しい。なんだこれ。自分が知らないだけで、どこかで誰か、ギリシャだかローマだかではるか昔にこの感情に名前をつけているかもしれない。それを知りたい。

「もしもし」

「……もしもし」

「……元気？」

「元気。……元気？」

電話をしたのは直だった。電話に出たのはヒメだった。それからしばらくふたりは黙ったままでいた。

「一位だね」

直が言うと小さく嬉しそうな声がした。

「ウン」

「会いたい」

思い切って直が言った。その気持ちが伝わったのがわかる。

「ウン」

直はヒメのその声を握りしめた。それで素直になれた。ふたりは渋谷や新宿をさけて銀座で会うことにした。イベントがない限り親衛隊の連中がそこにくることはまずない。松屋デパートの屋上で待ち合わせた。亀の餌の匂いが漂うペットショップをぬけたところにあるベンチで待っていると現れたヒメが、まるで誘拐犯が身代金のやりとりでもするみたいだと笑った。その顔を見て直は気持ちを抑えきれなくなって、そっと、そっと、手を握る。ヒメはその手を動かそうとしなかった。

「最近、行ってる？　親衛隊」

気だるそうにヒメが聞いた。その感じでヒメも距離を感じているのがわかる。

「全然」

どこから話せばいいのかわからなくてかろうじてそう答えた。しばらくの沈黙があって、直は回り道をやめた。

「カワニシに脅されてる」

「え？」

ヒメが手を離した。でもその反応でカワニシはヒメをまだ攻撃していないことがわかって、少しほっとする自分がいた。

「辻堂、誰かに見られてたみたいで」

「……どうしたらいい？」

「心配しなくていい、なんとかする」

「なんとかって……」

「なんとかする」

カワニシの出方がわからないからどうしようもないが、でもそのまま待つわけにはいかない。自分はいい。親衛隊をこのまま抜ければいい。最悪ヤキをいれられてもいい。でもヒメがどうなるか。万が一カワニシが三谷にチクったら、三谷がヒメをどうするか。赤くなったあの頬の傷をまた思い出した。

「三谷さん、いつ出てくるの？」

「もうすぐ、だと思う」

そうか。それまでに何か手を考えておかなければ。

「私たち、もう会わないほうがいいのかな」

直は自分でも驚くほど乱暴にもう一度ヒメの手を握った。

「やだ」

心から言った。

「終わりにすればカワニシにどうこう言われない」

「ヤダ」

「子供みたいなこと、言わないで」

「子供だ」

「殺されちゃうよ」

「死んでもいい」

「だから子供みたいなこと、言わないで」

「一緒にいたい。ヒメと一緒がいい」

「私だって、そうだよ」

ヒメが小さい声で言った。泣いていた。

「泣いてる？」

「泣いてない」

「泣いてるじゃん」

「チョクこそ」

泣いていた。どうして、どうして、なにもかも、こうなんだ。何かを失うと何かを得るんだよね？　何かを得るから、何かを失うんだよね？　ねえ、生写真のおじさん。今自分の手のなかにあるこの小さな手すら自分は守ることもできないのか、と思うと悔しさが胸に開いた穴からごぼごぼとあふれ出した。しばらくしてヒメはかすれた声で「これで終わりにしよう」と言って直の手を離した。何度握っても同じように離された。

高階の顔を久しぶりに見た。頬骨のあたりが少し鋭くなっている。夕方の有楽町の純喫茶は居眠りしてるサラリーマンがちらほらいるだけだった。

「呼び出して悪かったな」

直は大人びた高階に気圧されていることを悟られないようにいつも以上にタメ口らしいタメ口をきいた。高階はそれには答えないでテーブルのうえに何かを置いた。

「なくなると欲しくなるんだよな」

グリコのビスコだ。

「もう売ってるの？」

直は久しぶりに見たそのお菓子に目を丸くする。

「青酸ソーダ入り、だったりして」

高階は嬉しそうに箱をあけて匂いを嗅いでみせる。

「大丈夫だ」

「匂いでわかるのかよ、青酸ソーダって」

「まあ、大丈夫だろ。確率的にさ」

高階がビスコをひとつ食べる。サクッといい音がした。直は差し出されたビスコに首を振った。久しぶりすぎて何から話せばいいのかわからずふたりは本題になかなか入らない。

高階の腕に赤紫の大きな痣を直は見つけた。

「どうしたの？　それ」

「ん？」

「また喧嘩？」

「いや別にやられた覚えない。ぶつけたかな」

カワニシのあの卑劣な攻撃への怒りは、狂走周辺の暴走族を巻き込んで大きなうねりになっているという噂だった。報復の波が徐々に押し寄せてきている。関西弁の暴走族の目撃情報が渋谷でもかなり多くなっている。もちろん奴らの本当のターゲットはカワニシじゃなく、高階だ。

「大阪の奴ら、大丈夫？」

高階は答えずに不機嫌そうにまたビスコを頬張った。

「で？　何？」

わざわざそんなことで呼び出したのか、と高階の不機嫌が顔を出した。

「このあいだアカオニ、見た」

「アカオニ？　ああ、あいつか」

「土田とかどうしてんのかな」

「知るかそんなの。もう住む世界が違う。お前そんなことで呼び出したのかよ」

高階の不機嫌が言葉になる。

「あのさ、」

そこで言葉がつっかえた。高階はただ待った。

「好きな女ができた」

それはいつかの高階のセリフと同じだった。

「……ヒメか」

「うん」

「本気か」

「うん」

「本気なのか、チョク」

高階が二度聞いてきた。ことがどれだけ大きいかということだ。

「わかってる」

「わかってない。やめとけ」

「わかってるって」

わかってなかった。高階ならなんとかしてくれると甘えていた自分の浅はかさを恨んだ。

「三谷さんに会う」

自分が何をするつもりなのかわからず言った。ヒメは「もう終わり」と言っていたのだから、なかったことにすればいいのに。

「会ってどうするんだよ」

「悪いのは自分だから」

「だから？」

「……謝る」

「なんだそれ」

高階が心底つまんなそうな顔をした。そして思ってもいなかったことを言い出した。

「人を好きになるのは、悪いことじゃないだろ」

高階の目を見た。エメラルドグリーンの瞳が直を見ている。

「好きになったのがたまたま好きになっちゃいけない人だったってだけだ。だから悪いとか言うな。堂々としてろよ、チョク」

「堂々と？」

「そうだ、堂々とだ。チョクはすぐ謝る。そのクセ直せ。お前は俺がいなくても生きていけんのか」

やっぱり高階は自分が何を求められているかすぐ理解する。そしてそれを的確に言葉にしてくれる。いつもそうだ。

「……わかった」

「……わかればいい」

「ヤキは高階が入れてくれよ」

「やだよ、ふざけんな」

高階にやられるならいくらでも耐えられる。高階がもう一度嫌だと言って立ち上がった。

「行くわ」

西日で逆光になっている。眩しくて高階の顔は見えない。小さくて硬い違和感を覚えて目をこらすと、ただ事じゃないことが起きていた。

「高階、鼻血」

あわてて鼻を押さえながら高階が笑う。

「あれ、なんだこれ？」

両方の鼻の穴からまるで太い血管が破れたみたいに真っ赤な鼻血が流れ出ている。大根オロシじゃどうにもならないくらい高階のシャツが血で染まっていく。

1984年11月22日

ザ・ベストテン　第354回

1　ヤマトナデシコ七変化／小泉今日子

2　恋人達のペイヴメント（on the pavement）／ALFEE

3　ハートのイヤリング／松田聖子

4　WOMAN／薬師丸ひろ子

5　恋の予感／安全地帯

6　クレイジーラブ／堀ちえみ

7　ミステリーウーマン／石川秀美

8　泣かないで／舘ひろし

9　雪にかいたLOVE LETTER／菊池桃子

10　いっそセレナーデ／井上陽水

＊

「チョクさん、高階さんどこですか」

電話線を伝わってカワニシの爬虫類みたいな顔がこっちまでやってくる。

「知らない」

「そうですか、狂走の奴らリミッター切れてて危ないからしばらく自分も隠れてるんですけど、三谷さん出てきたら報復しなきゃと思ってましてね。まあチョクさんが知ってるとは思わないけど一応ね」

親衛隊と暴走族はもう境目が本当にわからない。こいつの口からアイドルの話を聞いたことがない。こいつのせいで親衛隊は間違った道を進み始めてる気がする。

「さすがの高階さんでもビビってますかね」

カワニシは高階も自分と同じように身を隠していると思い込んでいる。直は話をあわせた。

「連絡きたら伝えておく」

「お願いしますね、チョクさん、隠し事なしでお願いしますよ」

「隠し事なんかない」

「おお怖っ。すぐ怒るからなあチョクさん」

「……」

「そういえば、ヒメさんがこないだ来ましたよ」

「え？」

ヒヒヒとカワニシが息を吸い込みながら笑う。

「チョクさんとは何もないってわざわざ言いに」

ヒヒッとまた笑った。

「ふられちゃいましたかね、せっかく面白いネタだったのに白けちゃいますすね」

「……高階から連絡きたら伝えとく」

それだけ言うと受話器を叩きつけて耳の穴を指でせわしなくほじる。カワニシの声をできるだけ取り出したかった。

高階は入院していた。あの日どうしても鼻血が止まらず、あまりの出血に救急車で運ばれてそのまま近くの病院に入ったのだ。高階は直に「入院のことは黙ってろ」と言った。だから狂走の報復が激化している今、高階の突然の不在は間違いなく親衛隊を不安にする。だからふたりは「親戚の家に隠れている」ことにした。幹部たちに次々に電話をして直は「三谷さんが出てくるまで耐えろ」という高階の言葉を伝えた。もちろんカワニシ以外にだ。みなその言葉に落ち着きを取り戻し心をひとつにしているのがわかった。でもそれが直にはやってこない救援を待ち続ける悲運の軍隊のようにも思えた。

数日後、高階が病院を移ることになった。

「え？　テンイン？」

転院という言葉を高階の母親からはじめて聞いてそれがどういう漢字なのか一瞬わからなかった。今の小さな病院だと検査の機械が十分じゃなく、原因を正確に把握できないから設備の整った大きな病院に移る必要があるのだそうだ。

「直くん、まだ時間ある？」

転院したその大きな病院は東京タワーのすぐ近くにある立派なところだった。新館だの本館だのが入りくんでいて高階の病室を探すのにずいぶん苦労した。見舞ってるあいだ高階は薬のせいで眠ったままだった。面会の時間が終わってしまって、エレベーターを待っていると後ろから高階の母親が声をかけてきた。高階によく似た美人だ。外国人だと言われたら信じてしまいそうな彫りの深い顔が、少しやつれている。

「はい」

直は呼び止められた理由がわからず、生返事をすると母親はエレベーターに乗り込んできた。

「少し、話いいかな」

母親は話をする場所を決めているようで、そこまで無言で歩いた。病院は不思議な場所で空気が淀んだ場所があるかと思ったら、そのすぐ隣は快方に向かう明るさに包まれていたりする。

生と死の起伏が激しいからだろうか。それともこの入り組んだつくりのせいだろうか。新館から本館への渡り廊下はどこか心もとない。そこからちらっと東京タワーの付け根が見える。そこにそう狭くはない墓地が見える。道路からだと塀があって気がつかなかった。昼間なのに人気のない場所はどこか薄気味悪い。前を歩く高階の母親がラウンジのベンチの前で立ち止まった。空気が淀んでいる。いい話じゃなさそうだ。

「ここでいいかな。飲み物、買ってくるね」

横顔が高階にそっくりだった。自分の母親とは違って確実に美人の部類に入るけれど、やつれた笑い方が染み付いていて幸薄い印象がどうしても消えない。最低な再婚相手、新しい親父の話を高階からしょっちゅう聞いていたせいかもしれない。

「コーラでいい？」

「はい」

子供扱いされている気がしたが、別になんでもよかった。ガタンという自動販売機の音が壁の向こうから一回だけした。

「ごめんね、ペプシしかなかった」

「大丈夫です」

どうでもいい。母親はすこし離れて座って、検査に来た車椅子の老人に軽く会釈したあと小さく咳払いをする。自分の分は買ってない。

「……直くんごめんね」

「何がですか」

そのまま母親は何も言わなくなった。自分のTシャツの襟から生乾きの匂いがする。うつむくとどうしても気になる。ちくしょう脱ぎたい。この沈黙がますますイライラさせる。

「何がですか」

わざと語気を強めてもう一度聞くと母親がじっと直を見る。

「直くん、何歳？」

また話をずらす。

「十七です」

「そうだよね、良彦と同じだもんね」

小走りで通り過ぎる看護婦にもお辞儀をしてまた話を止める。いらつきが隠せなくなりそうだ。ヨシヒコという名前が高階となかなか一致しない。

「半年もたないって言われたの」

不意を突かれて、意味がわからなかった。

「もうそんなに長くないって」

その意味はわかる。わからないのはそのことじゃない。

「急性骨髄性白血病、血液の癌らしいの」

後頭部の血の気が引くのがわかる。立っていられなくてベンチにしゃがみこむ。癌という単語が直の頭をずしりと重くした。両手で支えていないと頭が外れてどこかに転がっていきそうだ。どうしてもっと早く気づけなかったんだ。どうしてそんな話をこんなタイミングで言うんだ。なんでそんな話をこの人は自分にしているんだ。自分ひとりで抱えられなくなったからって自分にそれを言ってその重さが半分になるわけじゃないのに。どうして高階なんだ。

「なんで良彦が」

見ると母親が泣いている。いらつく。そのあんたの病気のヨシヒコと俺の高階は別のものだ。

「泣くなよ」

吐き捨てるように直が言うと母親がヒッとしゃくりあげるように息をのんだ。

「あ、すいません。泣かないでください」

悪いとも思っていないし、泣かないで欲しいとも思っていないのに反射でそう言っていた。

「良彦には言わないでくれる？」

当たり前だ。

「これまで通りお見舞い来てくれる？」

当たり前だ。

「暗くしたくないから」

当たり前だ。

「わかりました」

さっき小走りで通り過ぎた看護婦が薬の袋を抱えて戻ってくる。明るい笑顔で会釈したあとふたりの空気に何かを察して神妙な顔をして足早にその場を去った。

「明日、また来ます」

それだけ言って直は立ち上がった。別れ際に高階の母親に深くお辞儀したのは顔を見たくなかったからだ。外にでると雨粒が激しい音をたてている。歩くとすぐにシャツが濡れて肌にはりついた。こんなに雨に濡れたら泣いてないのに泣いてるように見えるじゃないか。泣いてるのに泣いてないみたいじゃないか。

家に帰るとテレビはどのチャンネルも同じニュースをやっていた。

「暴走族、渋谷署警官の拳銃を強奪し逃走中」

道の端にひっくり返ったパトカーが映し出されている。なぜかカワニシのあの半笑いを思い出した。

＊

目が覚めたら夕方だった。朝は気だるさだけを残してどこかに消えてしまっている。気だるさは時間がたつと腐った水のように体にのしかかってゆっくり重みを増す。水の底に沈められて殺される時はこんな感覚なのかもしれない。このまま病院に行くのはやめてしまおうか。掛け布団を丸めて抱きかかえているうちに「これまで通りお見舞い来てくれる？」と泣いていた高階の母親の横顔を思い出した。半年って何日だ？　三百六十五日の半分か。百八十二日？　百八十三日？　なんだそれ。バカにすんなよ。直は薄暗い水底で体をゆっくり起こした。

病院のある御成門の駅に向かう都営三田線は、妙にがらんとしていた。蛍光灯の気だるい白い明かりはどうしても寂しい気持ちにさせる。だから都営線は前から嫌いなんだ。出口の見えないトンネルの入口で何もかもを疲れて見せる。窓に映る顔がどうしても自分の顔に見えない。別の世界の住人に見える。

「お前が病気になればよかったんだ」

窓の外のそいつが言う。そいつを睨むとそいつも睨み返してくる。ガタン、ガタンガタン、ガタン、このトンネルに出口なんかないのに電車は目をつぶってただ進んでいく。降りたいのに。乗りたくないのに。戻りたいのに。我慢できず直は叫んだ。ああああっ！　突然の発狂にびっくりしたＯＬが静かに隣の車両に移る。サラリーマンは目をあわさないように漫画を読み始める。老女だけがじっとこっちを見ている。直は素に戻って小さく頭を下げた。そしてまた窓の外の暗がりを見ると、そこには他人の顔をした自分がまだいる。

「高階がいないと何もできねえくせに」

その通りだ。クソ。クソ。

病院のロビーにある大きなテレビが騒いでいる。拳銃強奪犯は十四歳の少年。暴走族同士の抗争のさなか、取り締まりに来たパトカーが中に警官を乗せたまま横転させられた。そのどさくさに紛れて少年は警官から拳銃を強奪。そのまま逃走。半日ほどして少年は並木橋の交番に出頭し即逮捕された。拳銃を奪われた警官の証言からも容疑者はこの少年ひとりだった。だが、肝心の拳銃がでてこないらしい。少年の証言によると警官から拳銃を奪いはしたものの、そのまま複数の敵対する暴走族構成員に襲撃されその間に拳銃を紛失。騒動のあと現場を捜したが見当たらなかったそうだ。拳銃はどこへ消えたのか。警察の威信をかけた捜索が続いている。新たな事件が起きなければいいのだが。テレビはどのチャンネルも同じ話を延々と繰り返している。十四歳の少年。伏せられていても直はその少年に見当がついた。たしか親衛隊の新入りでカワニシをずいぶん慕っていた。鼻っ柱が強く高階も可愛がっていた。カワニシの影がちらつく。あいつの顔を思い浮かべると嫌な予感しかしない。

　高階が入院している病室は新館の六階で、その窓から東京タワーがかなり大きく見える。どころか近すぎるせいで窓に入りきっていない。間近で見ると東京タワーがただの鉄の塊だとわかって、高階はその無骨さを気に入っていた。抗癌剤治療のために高階が部屋を出て行ったあと少しだけ窓をあけて主のいないベッドに横たわると、どこからか沈丁花の甘い匂いがする。それが春の匂いなのか、それとも薬の匂いなのかはわからなかった。抗癌剤の治療というものが一体どういうものなのか想像もつかないがそれが始まるとほとんど口をきけなくなる高階を見ているとかなりきついものだということだけはわかる。戻ってくるといつも高階はしばらく眠るように静かにしていた。直はいつのまにかうとうととしてしまった。

「お客さん、寝るなら靴脱いでもらわないと」

車椅子の高階がいつのまにか戻ってきている。だいぶ血色が戻っている。

「松戸からわざわざ毎日来ることないのに」

「暇で悪かったな」

高階は自分の病気の本当の名前を知らない。でもそう良くないことはとっくにわかっているようだった。原因不明の重度の貧血、と言ってある。実際、抗癌剤の治療はあと十日ほどは続くそうだ。そのあとは治療の成果を様子見しながらになる。数値が落ち着いて小康状態になれば退院もできることがあるらしい。高階の母親は他に話し相手がいないからか医者から聞いた話を直にそのまま話したがった。聞きたくなくても耳をふさぐことはできなかった。

もし今、高階に本当の病名を教えたらどうなるんだろう。あの性格なら自分に残された時間のことを知りたがる気もする。そしてそのほうが残りの人生を悔いなく充実させることができるんじゃないか。何度かそう思った。でも言えなかった。自分でどうすることもできないものを高階がどんな顔で受け止めるのか想像もつかない。その事実が高階の心を押しつぶしてしまったときのことを考えると吐きそうになる。そんな権利が自分にあるとはどうしても思えない。

「『ボム!』持ってきた」

直はつとめていつも通りにした。それしかできなかった。

「『ボム！』？　まじかっ！」

『ボム！』はふたまわりくらい他の雑誌より小さいから病院で見るにはちょうどいい。高階はうれしそうに水着のグラビアのページを外の光にかざした。

「乳首見える？」

直が呆れると嬉しそうに高階が言う。

「ばっちり」

「相変わらずすげえ想像力だな」

直が笑うと高階も嬉しそうだ。

「カセット作ってきたからさ、これも置いていくよ」

それはずっと使っているアイワのカセットボーイだった。

「いいのか？」

「電池も買って来たし」

高階がカセットボーイの重さを確かめるようにその手を上下させる。

「オートリバースつきだぜ」

「オートリバースってさ、嫌いなんだよ」

「なんで？　便利じゃん」

「嫌いなんだよ」

「なんで？」

「勝手にひっくりかえるから」

「なんだよそれ」

　この会話、前にもどこかでした気がする。

「岡田有希子と菊池桃子どっち派？」

高階が『ボム！』をめくりながら言った。

「俺は菊池桃子かな」

　直が答える前に高階は独り言のように言った。

「でもやっぱり小泉が最強だな」

　あの頃の高階がここにいる。戻ってきた。病気の高階には悪いとは思うけれど嬉しい。もう二度ととりかえせないと半分諦めていたから尚更だ。

「治ったらゲーセン行こうぜ」

　返事はなかった。優しい顔をした高階が疲れたのか静かに寝息をたてている。病室をでると廊下の先に世界で一番会いたくない奴がいた。

「毎日ご苦労様です」

なぜこいつがここに？　カワニシが半笑いで立っている。

「なんで？」

「なんで？　見舞いですよ」

「今、寝てるからそっとしておけよ」

「そうですか、じゃあこれ置いて来ますわ」

カワニシの手にはその辺で適当に買ったらしいバナナがひと房ある。

「俺から渡しとく」

「チョクさんずいぶん嬉しそうですね」

「なにが？」

「高階が自分のところに帰ってきて嬉しいんでしょ」

「は？」

図星だった。

「そっちにお返ししますよ。三谷さん戻ったからもう高階、大丈夫なんで」

「なんだ、それ」

こいついつから高階を呼び捨てにしてるんだ。

「それにしても病院の匂いって嫌ですねえ」

お前がどう思うかなんかどうでもいい。カワニシが直を雑に避けて病室のドアを開けた。

「あ、いたいた」

高階は眠っている。カワニシは変わり果てた高階の姿に一瞬ぎくっとしたように見えた。そして横にバナナを置いて、フン、と小さく笑った。直を腰抜け呼ばわりしたときと同じ顔だ。

「半年って聞いたけど、そうは見えないですね」

あの高階の母親はこいつにまでそれを喋ったのか。一体どれだけ慰めて欲しいんだ。それにしても見境がなさすぎる。話せれば誰でもいいのか。

「カワニシ、もう出ろっ」

「ハイハイ」

上目遣いがムカつく。

「病気のこと、みんなには言わないでくれ」

「チョクさん、隠し事ばっかりだなあ」

「頼む」

「まあ、言ってもなんのメリットもないですからね。チョクさんは最後まで面倒みるんですか？」

「？　今なんて言った？」

　直はカワニシを全力で睨む。

「そういうの、面倒くさいんですけど」

「最後って、どういう意味だっ！」

　廊下で直はカワニシに殴りかかった。こいつのせいだ。こいつがなにもかも悪い。こんなやつがいなかったら高階は病気なんかにならなかった。こいつが病気になればいいんだ。いちいち、いちいち、邪魔をしやがって。何が最後だ。高階を利用しやがって。利用し終わったらそんな態度か。怒りがあふれる。直の怒鳴り声に看護婦が悲鳴をあげて、病院内にサイレンがなった。それでも一発もまともに入らず、警備員が来て羽交い締めにされた。

「勘弁してくださいよ～」

　カワニシのガードした腕を数発殴るのが精一杯だった。あまりに自分が非力で情けない。カワニシは立ち上がって直にツバを吐いた。

「高階がいないと何もできないくせに」

　警備員はカワニシの乗ったエレベーターが閉まるまで直を離さなかった。病室に戻ると騒ぎのせいか高階は目を覚ましていた。

「お客さぁん、ここ病院ですよぉ」

薄く目をあけて優しく笑っている。

「悪い」

「カワニシ、帰った？」

「気がついてた？」

あと半年というアイツの無神経な言葉を高階が聞いてしまったのか、わからなかった。確かめるわけにもいかない。

「チョクは喧嘩向いてないからやめとけ」

「うん」

そう言うと高階はカワニシが買ってきたバナナをゴミ箱にごそっと捨てた。

「バナナの匂い嫌いなんだよ、捨ててきてくれ」

高階が笑った。直も笑った。

「さっきテレビでやってたけどさ、夏目雅子も入院したって」

「え？　三蔵法師の？」

「重度の貧血だって、俺といっしょだ」

直は黙った。

「あんな美人といっしょって悪くないよな」

白血病っていうのは、色の白い美男美女から順になるものなのだろうか。

*

テレビが大変なことになっている。どのチャンネルをつけても話題は同じ「聖輝の結婚」だらけ。一体誰が松田聖子と神田正輝が結婚すると思っていただろうか。何がどうなったらそんな組み合わせができるんだ。映画の共演がきっかけらしい。おい、でも郷ひろみはどうなったんだ。誰も想像もしなかったことをして、話題の中心にさっと立ってしまうのは松田聖子らしいといえばらしい気もする。でも聖子隊の気持ちを考えると直はいたたまれなくなる。小泉今日子もいつか結婚とかするんだろうか。想像するだけで胸が張り裂ける。

早朝まだ七時にもなっていないのに碑文谷《ひもんや》のサレジオ教会の前は、恐ろしいほどの人だかりができている。ファンが二千人強、取材はおよそ六百人、警備員は百人。「お前ら中を撮るな！　約束守れ！」「押すんじゃねえ！」。生放送のテレビは殺気だった声をそのまま流している。空にはヘリが何機も飛んでいる。さっき叫んだのは記者だ。ずっと応援してきた聖子隊のメンバーは行き場のない気持ちのはけ口を探して叫んでいる。このままだと乱闘になる。道路にあふれる人だかりのなかに知った顔が何人か見えて、直はテレビにかじりついた。ヨハネ・ペトラッコ神父がカタコトで喋り始めると、式はまるでドリフのコントにしか見えない。神父の話が終わってふたりがキスをして随分と呆気なく儀式は終わった。なんなんだろう。こんな儀式に意味なんかあるのだろうか。このたった三十分のために大騒ぎしていたのか。それにしても聖子隊の連中が教会のなかのふたりのキスを見ずにすんでよかった。きっと気がおかしくなる奴もいるだろう。

「だいぶ親衛隊、変わりましたよ」

電話をしてきたのは少し前まで冴えないアイドルの隊長をしていた後輩だった。そのアイドルは結局売れず、しばらくエロ路線をやったかと思ったらすぐ引退してしまっていた。それほど残念そうでもなかったのは、そいつもどこか本気になれなかったからだろう。

「昔のヤキって、愛だったと思うんですよ」

その後輩は変わりきった現在の親衛隊を嘆いた。今の統制的ですぐ暴力に走る体質を嫌った若めの連中は、親衛隊を避けるようにおニャン子のファンになっているのだそうだ。

「ハッピ着てる奴らがそれですよ」

「でもさあ、おニャン子はなんか違うんだよなあ」

「チョクさん、それ自分もなんかわかります。なんか近すぎるんですよね。ありがたくないっていうか。で、……高階さんいつ復帰ですか」

　後輩は少し遠慮がちに聞いてきた。

「まだかかりそうなんだ」

「はやく戻ってくれないとヤバくて」

「ヤバい？」

「三谷さんたち、カワニシさんにそそのかされて大阪攻める気なんですよ」

「やめとけよ、戦争になるぞ」

「来たらわかりますよ、止めらんないっすよ」

　カワニシは高階のあとを継いだ形で三谷の右腕のポジションを手に入れていた。あいつはあの三谷ですら言いくるめてしまうのか。カワニシの蛇のような目を思い出した。その目にすくんだ気持ちを思い出した。

「もう、親衛隊っていうか暴走族っす。カワニシさん、拳銃もってるって噂だし」

「もう抜けなよ」

「最近のヤキってえぐいんですよ」

　もう自分の戻る場所はそこにはなさそうだ。

「だからはやく高階さんに戻ってもらって止めないと親衛隊終わっちゃいますよ」

「高階が戻るまでお前ら耐えてくれよ」

心にもないことを言った。今の親衛隊がどうなろうと、本当のことを言うと直にはどうでもよかった。高階が戻るまで。そう口にしてその言葉のあまりの力のなさに自分で驚いた。


松戸の駅ビルで頼まれていた黒い薄手の毛糸の帽子を見つけた。高階はもう髪の毛がだいぶ抜けていたからその色を素直に喜んだ。

「この季節あんまり毛糸のなくてさ」

「そうだよな、もう夏だもんな」

「駅ビルのおばちゃんくさい店にあったけどね」

「売れ残り？　でもこれ気に入った」

高階がにっこり笑った。笑うと頰の肉もずいぶん減ったのがわかる。

「行ける？」

調子が悪くないときは高階を車椅子に乗せて病院のなかをゆっくり回る。高階に感謝されるたびに直はうれしくなった。高階が病気になってよかった、と思ってしまうたびそれを否定するためによけい甲斐甲斐しく動いた。

新聞が日本人の平均寿命がまた延びたと言っている。目の前で診察を待っている爺さんはたぶん八十過ぎだろうから平均にするために誰かの寿命を何年分か奪っていることになる。そう考えると急に平均という言葉が憎くなる。病院を見渡すと平均にするために知らないうちに誰かの寿命を奪ってしまった年寄りがたくさんいる。ここだけでいったい何人が早死にさせられているんだろうか。

「……俺、病気になってよかったと思ってる」

「え？　なんで？」

高階の突然の言葉に直は虚をつかれた。

「……こうしてるとさ、見えるものが結構違うんだぜ」

「ああ、低いから？」

直の軽口を高階が微笑んで、受け流した。

「……自分が今まで見てたものだけでこの世界ってできてるわけじゃないんだよな。違う見方すると、違って見えるんだ。それがわかっただけでもよかった」

車椅子を押しながらかすれ声の高階の言葉を聞き漏らさないように、直は少し前かがみになった。

「……さっきすれ違った女の子がさ」

廊下で病院の匂いが途切れる。

「……女の子がさ、俺のことかわいそうにって見てたろ」

誰かが窓を開けたままにしている。

「……でもさ」

「……俺ぜんぜんかわいそうじゃなくてさ」

遠くに部活の音が聞こえる。サッカー部みたいだ。

高階に顔を近づけたまま続きを待った。

「……ぜんぜんわかってねえなって思ってさ」

産毛が多く見えるのは首がずいぶん細くなったせいだ。

「……窓から風が吹くだけでさ、幸せな気持ちになるんだぜ」

高階が一度こっちを見た。直は高階を見なかった。

「……病気にならないとわからないことたくさんあってさ」

ぼそぼそと途切れ途切れに喋った。

「……チョクと会えてよかった、ありがと」

直はその言葉に背中を刺されて動けなくなった。高階は自分の命があと少しだということを、このあいだのカワニシの騒ぎの時にやっぱり知ってしまっている。直は高階の心のなかが想像すらできなくて絶望的な気持ちになった。自分が高階だったら間違いなく泣き叫んで、世界中の同情をかきあつめるだろう。

「……高階、ごめん。俺、高階が病気になってよかったと思ってた」

看護婦が遠くを走る。

「高階がずっと遠くに行っちゃっててそれで、俺ひとりで、ひとりになってて、でも高階が病気になって、戻ってきて、それで俺自分の居場所ができて、俺、高階がいないと何にもできないから、高階のためにじゃなくて自分のためにここにいて、だから、だからごめん」

背中に刺さった言葉は何をどう言おうがもう永遠に抜けそうにない。

「チョク、こっち来て」

車椅子から手を離して高階の前に回った。痩せて別人のように頰がこけた高階だったけれどその表情はとても柔らかかった。

「ごめんって言うな。そのクセ直せ」

「うん」

「それにもう泣かないって約束しただろ」

「したっけ」

「忘れんなよ、土田と喧嘩した後だよ」

「したっけ?」

覚えていた。とぼけた。

「もう一度約束しろ」

「うん」

「もう泣くな」

「うん」

「そういえば、外出許可出たんだぜ」

思いがけなかった。抗癌剤の治療が一段落して、すこし経過を観察してまた次の治療がはじまる。そのあいだの数日は自宅に戻れるみたいだった。

「家なんか帰ってもつまんないけどな」

東京タワーの鉄骨に薄い緑のネットがかけられている。補修工事でもするのだろうか。東京タワーはこの先何年くらいここに立ち続けるのだろう。高階がいなくなって、自分がいなくなっても、こうやって補修さえ続けていたら永遠にそこに立っているのだろうか。

「じゃあさ、小泉今日子に会いに行こう」

直は我ながら素晴らしいアイデアだと思った。そうだ。小泉今日子に会えば奇跡が起きるかもしれない。だって歩けなかった人がクララみたいに歩いたりするんだから。高階の病気が消えたっておかしくはないはずだ。

「高階、久しぶりに収録行こうぜ」

「いいね、『常夏娘』の振りつけ超好きなんだ」

「あの足トントンって広げるとこでしょ？」

「さすが、チョク、まさにそこ！」

「あれはいい」

「ちょっとやってみろ」

高階は直にそれをやらせた。簡単そうなその動きはやってみるとなかなかうまくできない。

「ちがうちがう、こうやるんだ」

高階が痺れをきらして立ち上がったその瞬間、バランスを崩して床に倒れた。ひとりで立てないほど足腰が弱っているのか、久しぶりに立ち上がったせいで貧血を起こしたのかわからない。

「畜生、情けないなあ」

あわてて高階の腕をとるとその細さにぎょっとした。高階はそれに気がついたようですぐに話題を変えた。

「このあいだテレビで新沼謙治と歌ってたんだけどそれもよかったぜ」

「……高階、やっぱり小泉に会いに行こうぜ」

「ああ。……今日はいい日だなあ」

高階が本当に嬉しそうに笑って帽子をかぶり直した。

「チョク、ありがとうな」

「高階、」

「もう約束破るのかよ、泣くなって言ったろ」

「泣いてない」

窓の外に顔を向けた。東京タワーの奥に底が黒い雲が見える。梅雨が終われば夏がくる。

あの雲が雨になればもう夏だ。

*

汗が目に入る。夏はまだ先なのに、梅雨の湿気がやたらと重い。サウナのなかを歩いているようだ。濡れたＴシャツが背中に張りついて気持ち悪い。高階を乗せた車椅子を両手で押しながら直は目に入った汗を肩のあたりで拭った。渋谷の人混みは相変わらずだ。ＮＨＫホールに行く前に久しぶりに渋谷をうろつきたいと高階が言い出して、遠回りしてスペイン坂までやってきた。ここからぐるっとまわればいつもの交差点に出る。

「暑くない？」

毛糸の帽子が重たそうに見える。

「……直、汗だらけだな、悪いな」

高階が後ろを小さく振り返って言った。

「気にすんなって」

「……ジェラート奢るよ」

「え？　なに？」

「……アイスだよイタリアのアイス」

「聞いたことない」

「……チョクは何も知らないなあ」

「ていうかそんなもん食べて大丈夫なの」

「……アイスくらいいいだろ」

最近できたばかりのジェラート屋はずいぶん人気がある。人だかりを割って中に入るが車椅子の高階からケースの中は見えない。直はたくさんの種類に驚きながら、右から札に書いてある味を読みあげていった。カカオ、マカダミアナッツ、ストロベリー、マンゴー、そこで高階が「マンゴー！」と大きな声を出して反応した。まだたくさん種類あるけど、と言ってもマンゴーがいいと嬉しそうに首を横に振った。昔食べたことがあってそれが驚くほどうまかったらしい。そう言われると直もそれを食べたくなる。

「うわっなんだこれ」

高階が直の反応ににんまりと口角をあげた。

「だろお」

普通のアイスの何倍も濃い。まるでマンゴーそのものだった。食べたことはないけど。

「これがジェラートだ、覚えとけ。デートで使えるぜ」

そういえばヒメはどうしてるだろう。

「ヒメとはやったの？」

「え？」

「……やってないけど」

「けど？」

「超エロいキスはした」

「なんだよそれ、どんなだよ」

直はジェラートを匙《さじ》ですくってとろんとろんに混ぜた。そして高階に食べさせた。

「こんな感じ」

「エロッ」

そういえばスペイン坂は奥が階段だった。車椅子では登れなくて元の道をもどるはめになった。ＮＨＫホールはもうとっくに開場したあとで、中に入りきれなかったファンがまわりにたむろしている。警備している親衛隊のメンバーに覚えはない。知らないうちにだいぶ入れ替わったようだ。

「車椅子はあっち」

警備員があからさまに迷惑そうな顔をした。直は知っている顔を探す。なんなら楽屋まで案内させよう。ホールの中に何人か見つけて手を振ったが、こっちに気がつくとそいつらは皆一様にギョッとしてふたりを無視した。

「なんだあいつら」

直は不穏なものを感じたがそれに怯《ひる》みたくなくて車椅子を押して強引に中に入ることにした。

「そこ、待てや」

親衛隊の警備担当らしき知らない男が近づいてくる。肩をわかりやすくいからせている。

直は自分でも驚くほど顔の筋肉を強張らせてそいつを睨んだ。

「誰にもの言ってんのか、わかってんのか」

「昔の人は帰ってもらうよう指示でてるんで」

「昔の人？」

じゃあこいつは自分たちのことを理解しているのか。

「知ってますよ、高階さん有名人ですもん」

「じゃあ、通せ」

「そう睨まれてもカワニシさんの指示なんで」

「は？　なんの指示だよっ」

直が声を荒げると相手は何も言わずに顎で誰かを呼んだ。すぐに二、三人がやってきて道を塞いだ。

「……チョク、いいよ。駐車場行こう」

高階は文句も言わずにそいつらに従った。ＮＨＫホールの駐車場で待っていたら確実に出待ちはできる。歌番組を掛け持ちしているアイドルは自分の出番が終わるとここから車で次のスタジオへ移動する。駐車場に回ると田舎から出て来たファンの女の子たちの集団に、車椅子が邪魔だと舌打ちされた。

「なんか悪い」

直は申し訳なくて高階の顔が見られなかった。

「小泉、久しぶりだなあ」

高階は直に気を使ってか、明るい声を出した。ここを通れば必ず小泉の視界に入る。そしたら高階と自分なら必ず気づいてくれる。高階の病気のことはきっと耳に入っているはずだから女神は絶対に車から降りてきて、高階を優しく励ましてくれるはずだ。あの明るい声を浴びたら高階の病気なんか軽くふっとぶはずだ。昔、福岡のばあちゃんが言ってた。天皇陛下を遠くから見ただけで、風邪が治ったって。前に、テレビで誰かが言ってた。横綱が四股《しこ》を踏んだら、それまでずっと歩けなかった人が走り出したって。そういう力は絶対にある。世の中にはいくらでも奇跡はある。高階の特効薬は小泉今日子だ。間違いない。奇跡は今これからここで起きる。会場のなかに入ってステージを見守るよりここで直接会うほうがかえっていいって、これは神様の思し召しって奴だ。

「……少し寒いな」

直は額の汗を拭いてからそういう高階の背中をゆっくりさすった。そのぐらいしかできなかった。この暑さのなかで寒いなんて体のなかの異変はやっぱり高階を見逃してはくれないのだろうか。

「来た！」

突然、さっき舌打ちしていた田舎の少女が黒いワゴンに向かって飛び跳ねながら両手を振った。それに引っ張られるようにキャーという嬌声がそこらじゅうから響いた。小泉今日子は今や女子人気もかなり高くなっている。運転しているマネージャーはよく知っている男だ。ここに立っていたら必ず気がつくはずだ。でもハンドルを握っているのは見たことのない男で、目があったのに車はスピードを落とさない。なんだよっ、ふざけんな、奇跡をそう簡単に手放してたまるか。直はワゴンに向かって飛び出した。運転席の男はファンの暴走だと思ったのかクラクションを叩くように鳴らす。後ろに座っている本人がその音でようやく直に気がついた。その瞬間、直は親衛隊にはがいじめにされた。もみくちゃにされながら、小泉今日子が車椅子の高階に気がついて運転席の男に何かを言っているのが見える。「車を止めて!」。その口はそう言っているようだった。だが車は止まるどころか加速して敷地を出ていく。遠ざかる後ろのウィンドウに振り返る小泉今日子の顔が見える。その目はゴメン、と言っているように見えた。高階は無表情だった。怒っている。車が行ってしまうとあっという間にその場の熱は冷めて我先にみんな立ち去った。そして直と高階だけが取り残された。

「……ごめん、高階」

「そのクセ直せって」

高階が自分で車椅子をくるりと回転させた。

「『平安京エイリアン』、やろうぜ」

「……高階、鼻血」

つとめて笑顔をつくっている高階の鼻から血があふれていた。

＊

高階の意識がずっと戻らない。今までより少し大きな個室で、穏やかな顔のまま機械に繋がれて眠っている。肺炎を併発したせいで高熱が続いている。そのせいか閉じた瞼《まぶた》から時々涙が溢れたりする。癌は脳にも転移してしまったようだと高階の母親が言っていた。直はそれがどういう意味なのか聞くのが怖くてただ「そうですか」とだけ返した。抗癌剤の治療をして、様子を見て、また治療をして、それで治るはずだろ。それがテンイって、増えてるって、どういうことだ。せっかく大きな病院にテンインしたのに。

外に出ると夏の湿気が昨日よりひどい。すれ違う人は皆どうして発狂した世界を黙って受け入れているのか。御成門の駅の近くの公衆電話には南京錠がついている。あれはきっとチョキンバコ対策だ。もう簡単には壊せなそうだ。そうだよな、とふとおかしくなった。壊されたくないからガードする。それだけのことだ。でもその小さな鍵が、自分たちが今まで自由に行き来できていたあの場所への入口を閉ざしているように見える。もう戻れないあの場所。どうしていつも世界は居場所を奪って自分たちを締め出そうとするんだ。だったら最初からこんな世界に連れてこなきゃいいのに。

「もしもし誰？」

直はヒメに電話をしていた。久しぶりの声に思わず黙ってしまった。

「……チョク？」

「……うん……なんでわかるの？」

「なんでだろ」

変わりはなさそうだ。

「元気だった？」

「うん。ヒメは？」

「私、三谷と別れた」

「うん」

うんとしか言えなかった。

「チョクのせいじゃないから、もう心配しなくていいから」

「高階が……病気になった」

「聞いてる」

「……」

「入院してるんでしょ？　いつ出てくるの？」

「治らない」

「え？」

「長くないって言われてる」

「嘘でしょ」

「……お願いがあって」

「なに？」

「本人と会わせたい」

「え？　今日子？」

「そう。もうほとんど眠ったままなんだけど、たぶん、絶対、本人来たら高階は目を醒ますはずだし、病気だって治るかもしれないし」

　ヒメはしばらく黙った。直はそう言いながら妙に自分の言葉に自信を持った。

「私、もう親衛隊行ってなくて」

「親衛隊とかじゃなくて、友達として。三谷さんとかカワニシとか関係なくて」

「マネージャーも代わっちゃったし」

　この間の車を運転していたのはやっぱり新しいマネージャーだったのか。だから車を止めなかったのか。

「俺、もうヒメしか頼めるひといないから」

「……わかった。なんとかしてみる」

「ありがとう」

しばらく黙ったあとヒメが言った。

「また会える？」

直はどう答えていいかわからなかった。

「頼むね」

それだけ言って電話を切った。

蟬がうるさくて気がどうかなりそうだった。公園を横切ると緑の匂いが口の中まで入り込む。ベンチの裏に何かがぶらさがっているのが見える。エメラルドグリーンの大きな瞳。オニヤンマだ。間違いない。大きな羽を静かに休ませている。そうだ、捕まえて病院に持って行こう。高階の瞳と同じエメラルドグリーンのこいつを連れていけば何かが起きる。絶対に捕まえる。直はオニヤンマの後ろからゆっくり手を伸ばした。ゆっくり、ゆっくり、時間をかけて気がつかれないように間合いをつめた。静かに呼吸をいちど整えて体の力みを消して、すぅっとその手を伸ばしてまるで鉛筆を握るようにその頭を持った。高階に見せてやりたいくらい一切の無駄のない会心の動きだった。引き寄せるとようやくオニヤンマは捕まったことに気がついたのか、スズメバチすら食い破る大きな顎をわしゃわしゃと動かしはじめた。

今度の個室から東京タワーは見えない。消毒液と小便が混じった匂いがする。機械はずっとプシュープシューと音をたてている。それをずっと聞いていると高階の命の音だと思わされそうで嫌だった。疲れた顔の母親がベッドの横にいる。

「これ、置いといてください」

「虫？」

「オニヤンマです」

「生き物はちょっと」

「置いとくだけでいいんで」

直の強い言葉に母親はしかたなくオニヤンマが入った瓶を置くスペースを作った。瓶の蓋に無数の穴はあるが窮屈そうにオニヤンマはその大きな羽を付け根からブブン、ブブン、と何度もしばらく動かした。病室ではずっとプシュープシューと機械が空気を送る音だけが響いている。高階の命がコンセントにつながっているみたいでどうしようもなく嫌になる。あの高階が自分で自分のことを決められないなんて。色白できれいな寝顔をしてる。またいっそう痩せたのか閉じたまぶたがポコッとしていて以前より大きく見える。

「弟のお迎えにいかなきゃいけなくて、少しのあいだだけお願いできるかしら」

母親が申し訳なさそうに直を見る。

「いいですよ、僕ずっといます」

容態は安定しているから、何かあったらと保育園の電話番号を母親が書いて渡した。

「すぐ戻るからお願いね」

母親がブラインドを少し閉じて西日を切って出ていく。薄暗くなった部屋で直はさっきまで母親が座っていたパイプ椅子に腰掛けた。高階の顔が目の前にある。

「聞こえてるんだろ？」

反応はない。

「聞こえてるよな、高階」

反応はない。

「チョクだよ、チョク。わかるよな」

反応はない。

「もう一度さ、目開けてくれよ」

反応はない。

「小泉今日子、来るかもしんないぜ」

反応はない。

「呼んだんだ。もし来たらさ、絶対目開けろよ」

反応は、ない。

「本人と会うとさ、病気とか治るんだぜ」

反応はない。

「女神なんだからさ」

反応はない。

「もし来たらさ、絶対に目開けろよ。目開けなかったら、ヤキ入れるからな」

ブブン、ブブブン、とオニヤンマが激しく瓶を揺らすくらい羽をばたつかせて、そしてしばらくすると急に大人しくなった。足元がそわそわする。嫌な予感。瓶を見ると、静かになったオニヤンマの大きな瞳からエメラルドグリーンが遠のいていく。薄くなったかと思うと今度はゆっくり黒く、黒くなっていった。命が静かに消えていくのが見えた。


高階が死んだのは、その夜だった。

*

小泉今日子の、その小さな顔が青白く固まっている。

「ごめんね」

収録のあいまを無理矢理こじあけて病院に駆けつけてくれたけれど、間に合わなかった。横にいるヒメも申し訳ない気持ちで一杯の顔をしている。いや、でも、誰も悪くない。悪いのは小泉今日子を待てなかった高階だ。ステージ衣装のままの本人は病室で浮いていた。ヒメが泣きそうな声で直に聞く。

「いつ？」

「昨日の夜、高階のお母さんから電話があった」

「……そうか、チョクも間に合わなかったんだ」

直はヒメにそう言われて、自分が「間に合わなかった」ことに気がついた。でも間に合うってなんだ？　高階の瞳からエメラルドグリーンが消える瞬間を見るってこと？　それに「間に合った」として何の意味がある？　高階はもういない。行くなって言ったら戻ってくる？

ヒメは廊下に立ったまま高階の病室には入ろうとしなかった。高階の家族は入口に現れた本物の小泉今日子に驚いて、直を見た。

「すいません、ほんの少しでいいので」

直がそう言うと、不満そうな義理の父親の腕をとって母親が病室を出た。

「チョク、ありがとな」

高階の声がする。まだ高階はこの部屋のなかにいるみたいだ。

「せっかくだからふたりきりにしてやるよ」

「気が利くなあチョクは」

フフッと直は笑った。

「誰と話してるの？」

ヒメには高階の声は聞こえないみたいだ。

「ふたりきりに、させてあげよう。少しだけ」

直はそう言いながら小泉今日子の前をあけた。

「いいの？　今日子？」

すると小泉今日子は振り返らず、小さく頷いて高階のベッドに近づいた。

「高階、なに勝手にいなくなってんのよ」

目の前に小泉今日子がいる。嘘だろ。信じられない。

チョクの奴、約束を守ってくれたんだ！

「ちょっと瘦せたね」

ステージが終わって飛び出してきたから衣装のままなのよ、と短いスカートからにょきっと見える生の足を恥ずかしがっている。

「高階いないと困るんだけど」

照れ隠しなのかわざと意地悪な言い方をしてベッドに腰掛ける。

「親衛隊、なんか解散しちゃうかもね」

何もできなくて申し訳ない。

「高階のせいじゃないよ」

自分が病気なんかならなかったら。

「それにさあ、どうなったって、やってきたことがなくなるわけじゃないからね」

もっと応援したかった。もっと応援しておけばよかった。

「私は、高階たちのおかげだよ」

もう小泉今日子は俺たち親衛隊がいなくても売れるさ。

「みんな楽しかったよね」

うん。親衛隊やってて本当に良かった。間違いばっかだったけど、でも楽しかった。あれだけ無心になれて、あれだけひとつになれる場所は他にはないもん。松田聖子でも中森明菜でもこうはいかなかったよ。やっぱり小泉だからだよ。

「あんたたちってさあ、基本バカなんだもん。前にさあ、公衆電話、壊してたってホント？　あれでさあ、警察が私の楽屋に来たりしたんだよ、知らないと思うけどさあ。あなたの彼氏がやってるみたいですとかなんか言われてさあ」

そうなんだ。ごめん。

「彼氏じゃありませんって」

彼氏でもいいけどね。

「バカすぎなんだよね」

男は少しワルがいいのよ、だろ？

「だから、少しって言ってんでしょバカ」

あ、そうか。

「高階、なにいなくなってんの、バカなの？」

うん、バカかも。

「ライブおいでよ、次の歌、超いいよ」

そうなんだ。

「超いいっていうか、私しか歌えない、かな」

なんて歌？

「笑わない？」

笑わない。

「『なんてったってアイドル』」

嘘だろ。なにそれ。

「あ、笑ってるでしょ」

変なタイトルだなあ。どうせ秋元康とか？

「でもねえ、不思議といい歌なんだよ」

聴きたい。

「まだデモ聴いたばっかかだからなあ」

お願い。

「特別だよ」

そういうと小泉今日子はちょこんとベッドから降りて、静かに目を閉じたままの高階の耳元に顔を近づけた。そして小さな声で歌いはじめた。

なんてったってアイドル
なんてったってアイドル
赤いコンバーチブルから　ドアをあけずに飛びおりて
ミニのスカートひらりで　男の子達の視線を釘づけ
黒いサングラスかけても　プライバシーをかくしても
ちょっとくらいは誰かに　そうよ私だと
気づかなくちゃ　イヤ・イヤ
恋をするにはするけど
スキャンダルならノー　サンキュー
イメージが大切よ　清く　正しく　美しく
なんてったってアイドル　私はアイドル

それはなんだかくだらなくて、なんだかとても小泉今日子らしい歌だった。

ああ、ステージでこれ歌っているの見たかったなあ。

チョクとか絶対この歌好きだろ。

チョクが小泉今日子は息を吸う仕草が最高に可愛いんだ、と言っていたのを思い出した。

これのことか。

たしかに泳ぎが上手じゃない女の子がプールで泳ぐときの息継ぎみたいでたまらない。

一生懸命、なんだな。

ああ、やっぱり応援してきてよかった。

なんだこの歌。

馬鹿みたいな歌なのに、なんで泣けるんだ。

話したいひと、
話したいこと、
謝りたいこと、
謝って欲しいこと、
隠していたもの、
返したいもの、

なんでもない風景のなんでもない匂い、
黒板消しを叩いた白い煙、
家の前の砂利道、
校庭に置いたまんま帰ったサッカーボール、
マンゴー以外のジェラート、
殴られたときの鼻の奥の鉄の味、
殴ったときの拳の骨がきしむような痛み、
ろくに読まなかった本の続き、
あのドラマの結末、
「渚のはいから人魚」のふりつけ、
冬の匂い、
あんまり好きじゃないうちの味噌汁、
「平安京エイリアン」、
いつものコーヒーを冷やしただけのまずいアイスコーヒー、
二枚目のお好み焼き、
『ボム！』の最新号、

冷蔵庫の安っぽい機械の臭いがしみついたチーズケーキ、
チェーンが外れたままの自転車、
運転したことない自動車、
いろんなものがまだ途中だ。
でももう追いつかない。
誰かと結婚とかして、
子供とかできて、
働いて、
喧嘩したりして、
そんな自分も本当はいたのかな。
母親にひとつも親孝行しなかった。
あいつが今度母親を殴ったら呪ってやる。
橋本直。
チョクにもう一度会いたい。
あいつはなんでも自分のせいだと思う優しいやつだから損ばかりする。
本当は頭がいいのにずいぶん引きずり回しちゃったな。

高校ちゃんと行ってんのかな。
高校の話聞いてやんなくて悪かったな。
机の引き出しにいれたままのカチカチを返さなきゃ。
アイワのカセットボーイもだ。
ああ、なにもかもが途中だ。

なんてったってアイドル　ステキなアイドル
アイドルはやめられない
Yeah! Yeah! Yeah!
なんてったってアイドル　なんてったってアイドル
なんてったってアイドル　なんてったってアイドル
ちょっといかしたタイプの
ミュージシャンとつきあっても
知らぬ存ぜぬと　とぼけて　レポータ達を
けむにまいちゃうわ
ずっとこのままでいたい　年なんかはとりたくない

小泉今日子が愉快なその歌をそのまま最後まで歌い切った。

「高階っ！　サンキューーッッ！」

そして頬に、キスをしてくれた。

少し長いのはお別れだからかな。

頬が冷たくてごめんね。

＊

鉛筆の音が一斉に走りだした。マラソンのスタートのようにしばらくすると、徐々にその音が散り始める。必要以上に鉛筆の音をたてる奴がいる。黒板には適当な水拭きの跡が残っている。教室の白いカーテンの右側だけがやけに黄色く古い。逆に片方だけ新品にしたのはなぜだろう。

こういうところをケチるって大学もただの学校ってことかもな。遠くを走るバイクの音が乾いている。あれはたぶんＫＲ２５０だ。

早々に集中力を切らせた直はひとりだけ冷めてしまって、あたりの真剣さが滑稽に思えて仕方なかった。そして、なんの準備もせずに大学受験に来てしまった自分がおかしくなった。そもそも問題が問題にすら見えない。こんな自分が受かるはずなどあるわけない。小さく笑うと、試験官が咳払いをひとつして直を睨んだ。早稲田の十号館は奥まった場所にあって底冷えがする。斜め前の華奢な背中の男は最初から問題を解くスピードが変わらない。こういう男が受かるのだろう。大学に行けと高階が言うからだ。それを真に受けたからこんな辱《はずかし》めを受けなければいけなくなったのだ。あの試験官は誰かに似ている。三谷さんだ。たぶん同じ年くらいだろうけど三谷さんのほうがはるかに大人に見える。吸ってきた空気の違いだ。

あれから狂走とキラーとの抗争は半年ほど続いた。歯止めが利かなくなると、警察はようやく本腰をいれて暴走族を取り締まった。自由が利かなくなると暴走族は小さな集団に別れてかつてほど目立たなくなった。親衛隊もまるで潮が引くように人数を減らした。夕方に始まった「夕やけニャンニャン」の人気が親衛隊にとどめを刺した気がする。「夕やけニャンニャン」のファンたちは親衛隊みたいな組織の匂いを徹底的に嫌った。アイドルという言葉自体がどこか宙に浮いた感じがする。それは直自身がまったく興味をもてなくなったのが大きな原因だが、テレビも、事務所も、ファンも、その穴を埋めようとして本当はもうどこにもいないアイドルを、みんなでいることにしている。あれからそんな虚しい空気が漂っているように思えた。思えば小泉今日子のあの歌はアイドルの遺言みたいなものだったのかも知れない。

三谷さんは一応形式的には暴走族も親衛隊も引退をして、気に入られていた芸能事務所に入った。影響力はまだ衰えていないという噂だ。カワニシは新しく「連盟」という組織を立ち上げてそのトップに君臨したが、それはアイドルとはまったく関係のない暴走族で、根深く続いていた関西との抗争のさなか大井町のボウリング場で隠しもっていたあの銃をぶっぱなして、少年院に入った。噂では身を守るためにわざと捕まったらしい。カワニシのことなんか考えるのは脳みその無駄遣いだ。

直はマークシートを適当に埋め始めた。全部ウにするのはバカみたいだから、時々イにしたりエにしたりしながらとりあえず全部埋める。これで受かったらここにいる奴らと同級生になるのか。ないか。あっという間にやることがなくなった。鉛筆の角が傷んでいる。カセットテープのたるみを直した跡だ。もってきた鉛筆には全部同じ跡がある。六角形の鉛筆はきっとそのために作られたんだ。トンボはよくわかってる。

チャイムがなってマークシートと問題用紙が回収されたあと、まだ二科目残っていたが直は荷物を持って教室を出ることにした。「帰ります、体調悪くて」小さく驚いた試験官が軽蔑の混じった上目づかいで直を見る。ほらね、不良品を排除したがるシステムの顔だ。これからこういう顔を何度も見ることになるんだろう。くだらない。

外に出ると、ところどころ昨日の雪がまだ残っている。正面に大隈重信の銅像が見えた。その奥に大隈講堂が見える。やっぱり自分にはここは立派すぎるように思える。

「後悔してんのか？」

背中から声がした。高階だ。変わらない声だった。振り返らずに答えた。

「受験のこと？」

「じゃねえよ」

わかってる。後悔なんかしてるわけない。

「おニャン子って、なんか違うんだよなあ」

同感だ。なんか違うんだよ。素人くささなんかいらないんだよなあ。そういうのじゃ熱くなんない。

「スープラ、乗ってみたかったな」

トヨタから出た流線形のスポーツカーだ。やっぱりお前も気にしてた？　あの顔いいんだよな。雪の塊が水たまりに落ちて、濡れた雑巾が床に落ちたような鈍い音がした。振り返るとそこには誰もいなかった。構内の奥のほうで清掃員たちが煙草を吸っているのが見える。高階が死んだのに世界は何もなかったように動いている。日曜はためらいもなく月曜になる。電車は時刻表通りに走っている。高階がいなくなっても世界は結局なにひとつ変わらない。「8時だヨ！全員集合」が終わったくらいだ。

「お前なんか、海のなかのオシッコみたいなもんだったんだな」

　悪態をつけば怒ってまた出て来るかと思ったけれど、それからはもう高階の声はしなかった。早稲田通りを歩くとちらほらと大学生らしい人たちとすれ違う。みんな子供に見えて気後れはない。直は高階の母親から返してもらったカセットボーイを久しぶりにカバンから取り出した。あれからずっと聴いていなかった。水色のラベル、ソニーのノーマルテープは、高階のために編集したやつだ。好きな曲がたくさん入っている。絡まったままのイヤホンを耳に差して再生ボタンを押す。ガチャッと音をたてて流れ始めたのは佐野元春の「SOMEDAY」だった。どこかの街の喧騒が聞こえる。ニューヨークかな？　メロディが街の音に混じる。俺だって海のなかのオシッコだ。街のなかの雑音だ。俺がいなくなったって同じように何も変わらずに地球は回り続けるさ。でもさ、別にそれでいい。世界なんかよりずっと大事なものがある。それは自分のなかにある。そのなかに高階がいる。もう永遠に超えることはできないけど、永遠に消えることはない。いつだって会える。俺たちはなんのために生きてるんだろう。なんのために生きてるかを見つけるために生きてるのか。どこかにたどり着くために生きているのか。終わらない階段を登りつづけて途中で死ぬだけなのか。たぶん違うね。たぶんだけど、俺たちは瞬間を生きてる。瞬間がただ続いてるだけだ。なんだよこの歌、余計なこと考えさせて。

　サビの途中で佐野元春の声が途切れた。テープが止まった。しばらくするとガチャンと音をたててB面の再生が始まった。オートリバースだ。そしてまた「SOMEDAY」が最初から始まる。たしかになんか嫌だな、オートリバースって勝手にひっくり返ってさ。なんか世の中みたいだ。中学の次はガシャン、高校です。高校の次はガシャン、大学です。大学の次はガシャン、就職です。高階がオートリバースをずっと嫌っていた理由が今さらわかる気がする。

けれどいつまでたっても「SOMEDAY」は始まらなかった。しばらくすると耳の奥にずっとこびりついて離れないあの音が聞こえてきた。プシュー、プシュー、プシュー。それはあの病室の機械の音だった。入院していた高階が間違えて録音ボタンを押したのだろうか。息をのんでその音のなかに高階を探した。すると、ガサガサと布をこするような音が聞こえたあとで、かすれた声がした。高階の声だった。

「……もう、泣くなよ、……約束……だからな」

そしてまたあの機械の音しかしなくなった。あの歌はもういくら待っても始まらなかった。

文庫版あとがき

彼らに捧げるドラゴンフライ

不良という言葉が嫌いだった。大人が自分たちの都合にあわないものをそう呼んでいる。不良と呼ばれた少年たちは、どうせ俺は不良だからさ、とその言葉の檻《おり》のなかに自分から入っていってしまう。言葉はそうやって悪循環をつくる。だから嫌いだった。自分も何かからはじかれた存在だとずっと感じていたからかもしれない。

小泉さんから当時の親衛隊の話を聞いたのは十年以上前だった。そのときの彼女の言葉が忘れられない。「みんな不良と呼ばれていたけれど、本当にいい子たちだったんだよね」。その言葉のなかに何か大切なものがある気がした。大人の常識的な価値観から見たら不良かもしれないけれど、彼らのなかにはちゃんと世界があってルールがあって夢も情熱もあって。ただシステムにうまく自分を合わせられなかっただけなんだ。そう気がついたとき、それを書きたいと思った。不良という言葉で片づけられたもののなかにある宝物を掘り起こしたいと思った。

僕自身が転校生で、福岡と千葉をいったりきたりした少年時代だった。そのせいか、いつも仮の場所にいるような感覚があった。友達をつくってもすぐに別れがくる。だからいろんなものに深入りしないようにしていた。僕のその部分を直《チョク》にした。そして僕に居場所を与えてくれる人を高階にした。

このふたりにはモデルがいる。二〇二〇年末に放送されたラジオドラマで主演をしてくれた、作間《さくま》龍斗《りゅうと》さんと猪狩《いがり》蒼弥《そうや》さんだ。ふたりはジャニーズJr.のHiHi Jetsというアイドルグループに所属している。頭のなかに映像を浮かべてそれを描写するように描きたかったから、アイデアノートの段階で妄想のキャスティングをした。彼らの写真を取材ノートに貼ってイメージを膨らませた。そして彼らの演技を想像しながら描いた。最初は直が作間さんで、高階が猪狩さんだった。おそらくファンのひとたちにはこっちのほうがすんなり理解できるかもしれない。ラジオドラマにするときに配役を逆にした。猪狩さんの強さのなかに弱さを見たからで、作間さんの柔かさのなかに何か尖ったものを感じたからだ。これがとても面白い化学反応を起こした気がする。ラジオドラマが公開されるときに主題歌もつくることになった。小説の世界をそのまま歌詞にしてもつまらないので、ふたりのいる今の時代や価値観や彼らの背中にあるものと、小説のなかにあるものが重なる場所を探した。

ドラゴンフライ（作詞・高崎卓馬／作曲・中野領太）

会いたい会いたい痛い　この胸にあいた穴
会いたい会いたい痛い　この傷がくれた夢

海のうえ　この小さな羽をひろげて
空のはて　あの小さな光もとめて
海を飛ぶ僕らトンボ　それを海とも知らないで
海を飛ぶ僕らトンボ　それを無理とも知らないで

海のむこうへいければ　僕らドラゴンフライ
この街さえでれれば　僕らドラゴンフライ
会いたい会いたい痛い　この胸にあいた穴
会いたい会いたい痛い　この傷がくれた夢

僕はここ　まだ誰にも嘘をつけずに
君はどこ　見上げる空の色を変えて
恋をした僕らトンボ　それを愛とも知らないで
恋をした僕らトンボ　それを永遠《とわ》とも知らないで

海のむこうへいければ　僕らドラゴンフライ
誰もいけぬと笑うんだ　僕らドラゴンフライ
会いたい会いたい痛い　この胸にあいた穴
会いたい会いたい痛い　この傷がくれた夢

海のむこうへいければ　僕らドラゴンフライ
この街さえでれれば　僕らドラゴンフライ

会いたい　この胸の穴はあなた
ああ痛い　この胸の穴はあなた

　それは自分が小説で何を描こうとしていたのかを再確認する機会だった。海を海とも知らないで沖のほうへ飛んでいくトンボがいる。現役のアイドルがファンの熱と声を風にしてどこまでも飛んでいく。そのふたつを重ねた。海を越えたらトンボはドラゴンフライと呼ばれるようになる。小泉今日子を応援して、応援することで生きる意味を感じる。直と高階たちが感じていたものもそこに重なる。最近「推し」という言葉が定着したけれどまさにそれだ。八十年代の青春の物語だけれど、当時生まれていなかった若い世代に読んでもらえて共感されたのは、この「推し」の尊さと大切さが当時も今も変わらないからだろう。何かを熱烈に応援する。それは仲間を作るし、それは退屈を殺してくれるし、目的という熱を生む。

　高階はいなくなる。架空の物語をつくるときこれはずるい手で、いわゆる御法度かもしれない。でもそこに躊躇はなかった。最初に小泉さんから亡くなってしまった親衛隊の男の子の話を聞いていたからだ。その彼が高階のモデルだ。本人と距離の近かった彼が、病気になったあとテレビ局の駐車場まで会いにきてくれていた。けれどそのことに気がつけなかった。それが本当に心残りで。とポツリと言った小泉さんの一言に、彼と小泉さんをもう一度会わせてあげたいと思った。

小説はなんのためにあるのか。僕にはよくわかっていない。それがわかれば書かないかもしれない。でも書きたいと思うときはいつも「誰かのために」が強くある。そうじゃないとこの大変な作業をやっていられないからだけど。親衛隊にいた彼のために。不良と呼ばれて言葉の檻に閉じ込められて息苦しい思いをしてきた人たちのために。信じることの美しさに出会うことができた少年たちのために。あの頃あの時代に処理しきれない感情を抱えていた自分のために。

ノスタルジーは、人が孤独につぶされないためにある。と何かに書いてあった。かつて誰かとつながっていた記憶は、そのひとの心を守るのだと。懐かしいという感情もそう思うととても大切なものなのだ。そういうものがたくさん必要なぐらい私たちの心は弱いものだということかもしれない。

二〇二二年十月　　高崎卓馬

主要参考文献

『小泉今日子はなぜいつも旬なのか』助川幸逸郎、二〇一五年、朝日新書

『70～80年代アイドルスキャンダル事件史』別冊宝島編集部 編、二〇〇八年、宝島ｓｕｇｏｉ文庫

『80年代アイドル１００問』神楽坂アイドル研究会 編、二〇〇七年、双葉社

『暴走族伝説　70～80年代を駆け抜けた青春群像』上之二郎、一九九五年、ＫＫベストセラーズ（ワニの本）

『ザ・ベストテン』山田修爾、二〇一二年、新潮文庫

『落書きの教科書　アイドル歌手連合親衛隊長の回心』佐々木炎、一九九〇年、キリスト新聞社

『「誰にも書けない」アイドル論』クリス松村、二〇一四年、小学館新書

『僕たちとアイドルの時代』さやわか、二〇一五年、星海社新書

『'80年代アイドル黄金伝説　よみがえる青春グラフィティ』ハウス・オブ・ドレッド 編、一九九六年、ジャパン・ミックス

『カセットテープコンプリートブック』ステレオ時代特別編集、二〇一七年、ネコ・パブリッシ

ング
『ＢＯＭＢ！（ボム！）』一九八四年二月号、学研
『未解決事件　グリコ・森永事件捜査員３００人の証言』ＮＨＫスペシャル取材班、二〇一八年七月、新潮文庫

その他、多くのウェブサイトやブログも参考にした。

『オートリバース』　二〇一九年九月　中央公論新社刊

この作品は、取材をもとにしたフィクションです。

JASRAC 出 2209302-201

中公文庫

オートリバース

2022年12月25日　初版発行

著　者　高《たか》崎《さき》 卓《たく》馬《ま》

発行者　安 部 順 一

発行所　中央公論新社
〒100-8152　東京都千代田区大手町1-7-1
電話　販売 03-5299-1730　編集 03-5299-1890
URL https://www.chuko.co.jp/
DTP　ハンズ・ミケ
印　刷　三晃印刷
製　本　小泉製本

Published by CHUOKORON-SHINSHA, INC.
Printed in Japan　ISBN978-4-12-207299-2 C1193

高崎卓馬の本

表現の技術

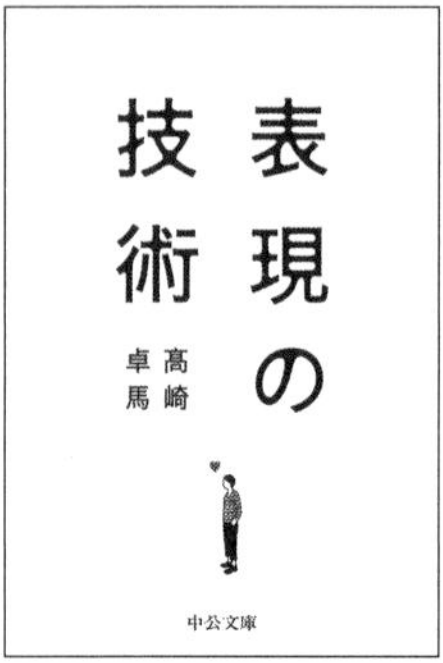

すべての人は笑う前に驚いている――。広告クリエイティブの第一人者が、「起承転結のワナ」「オムニバス禁止令」など豊富な事例を挙げながら、映像や脚本づくりのテクニックを公開。「伝わる」表現とは何か知りたいあらゆる人に役立つ本。〈解説〉佐渡島庸平

中公文庫

中公文庫既刊より

あ-92-2
死にがいを求めて生きているの 朝井リョウ
植物状態のまま眠る青年と見守る友人。二人の間に横たわる〝歪な真実〟とは？ 平成に生まれた若者たちが背負った、自滅と祈りの物語。〈解説〉清田隆之
207267-1

い-117-1
SOSの猿 伊坂幸太郎
株誤発注事件の真相を探る男と、悪魔祓いでひきこもりを治そうとする男。二人の男の間を孫悟空が飛び回り、壮大な「救済」の物語が生まれる！〈解説〉栗原裕一郎
205717-3

い-117-2
シーソーモンスター 伊坂幸太郎
元情報員の妻と姑の争い。フリーの配達人に託された謎の手紙。時空を超えて繋がる二つの物語。運命は変えられるのか。創作秘話を明かすあとがき収録。
207268-8

か-61-3
八日目の蝉《せみ》 角田光代
逃げて、逃げて、逃げのびたら、私はあなたの母になれるだろうか……。心ゆさぶるラストまで息もつがせぬ傑作長編。第二回中央公論文芸賞受賞作。〈解説〉池澤夏樹
205425-7

か-61-4
月と雷 角田光代
幼い頃暮らしをともにした見知らぬ女と男の子。再び現れたふたりを前に、泰子の今のしあわせが揺らいで……偶然がもたらす人生の変転を描く長編小説。
206120-0

し-39-1
リビング 重松清
ぼくたち夫婦は引っ越し運が悪い……四季折々に紡がれる連作短篇を縦糸に、いとおしい日常を横糸に、カラフルに織り上げた12の物語。〈解説〉吉田伸子
204271-1

し-39-2
ステップ 重松清
結婚三年目、突然の妻の死。娘と二人、僕は一歩ずつ、前に進む——娘・美紀の初登園から小学校卒業まで。「のこされた人たち」の日々のくらしと成長の物語。
205614-5

各書目の下段の数字はISBNコードです。978－4－12が省略してあります。

し-39-3
空より高く
重松　清
廃校になる高校の最後の生徒たる「僕」の平凡な省エネ生活は、熱血中年教師の赴任によって一変した——きっと何か始めたくなる、まっすぐな青春賛歌。
206164-4

し-46-1
アンダスタンド・メイビー（上）
島本理生
中三の春、少女は切ない初恋と大いなる夢に出会う。それは同時に、愛と破壊の世界へ踏み込むことでもあった——。直木賞候補作となった傑作、ついに文庫化！
205895-8

し-46-2
アンダスタンド・メイビー（下）
島本理生
憧れのカメラマンのアシスタントとなり、少女から大人への階段を歩み始めた黒江。ある事件を発端に、母親の秘密、隠され続けた自身の過去が明らかになる。
205896-5

し-46-3
Ｒｅｄ
島本理生
元恋人との快楽に溺れ抑圧から逃れようとする塔子。その先には、どんな結末が待っているのだろう——。『ナラタージュ』の著者が官能に挑んだ最高傑作！
206450-8

つ-32-1
僕と彼女の左手
辻堂ゆめ
医師になる夢が断たれた僕の前に現れたのは、天真爛漫な少女・さやこ。《欠陥》をもつ二人が奏でる、謎めきつつも爽やかな青春ミステリ！〈解説〉逸木　裕
207047-9

つ-33-1
青空と逃げる
辻村深月
大丈夫、あなたを絶対悲しませたりしない——。突然、日常を奪われてしまった母と息子。壊れてしまった家族がたどりつく場所は……。〈解説〉早見和真
207089-9

な-74-1
三の隣は五号室
長嶋　有
今はもういない者たちの日々がこんなにもいとしい。小さな空間の半世紀を驚きの手法で活写する、アパート小説の金字塔。谷崎潤一郎賞受賞。〈解説〉村田沙耶香
206813-1

な-74-2
愛のようだ
長嶋　有
四十歳にして初心者マークの戸倉はドライブに出かける。友人の須崎と、その彼女琴美とともに——。著者史上初「泣ける」恋愛小説。
206856-8

な-75-1	R帝国	中村文則	国家を支配する〝党〟と、謎の組織「L」が存在するR帝国。戦争が始まり、やがて世界は思わぬ方向へと暴走していく。世界の真実を炙り出す驚愕の物語。	206883-4
な-79-1	わたしたちの秘密	中江有里	派遣社員として空虚な毎日を送る三〇歳の大倉玉青は、五年前の自らの選択に端を発する、ある「秘密」を抱えていた──。〈巻末対談〉松井五郎（作詞家）	207234-3
は-75-1	大人になったら、	畑野智美	三十五歳の誕生日を迎えたメイ。カフェで働く日々はそれなりに充実しているが……。久しぶりの恋に戸惑う、大人になりきれない私たちの恋愛小説。〈解説〉渡辺雄介	207171-1
ひ-30-1	かたちだけの愛	平野啓一郎	事故で片足を失った女優のため、男は〝世界一の義足〟をデザインしようとする──。「分人」という概念で「愛」をとらえ直した傑作長篇。〈解説〉鷲田清一	205841-5
ふ-48-2	銀色のマーメイド	古内一絵	大人気「マカン・マラン」シリーズの原点！ 中学水泳部を舞台に、ジェンダーの垣根を超えた熱血×感動の青春物語が登場です。	206640-3
み-51-1	あの家に暮らす四人の女	三浦しをん	父を知らない佐知と母の暮らしに友人の雪乃と多恵美が加わり、笑いと珍事に溢れる牧田家。ゆるやかに流れる日々が心の孤独をほぐす。織田作之助賞受賞作。	206601-4
み-51-2	愛なき世界（上）	三浦しをん	恋愛・生殖に興味ゼロの院生・本村紗英に、洋食屋の見習い・藤丸陽太が恋をした。一途で変わり者ばかりの研究室を舞台に、愛とさびしさが共鳴する傑作長篇。	207143-8
み-51-3	愛なき世界（下）	三浦しをん	葉っぱの研究を続ける本村紗英が起こした大失敗。窮地に光を投げかけたのは料理人・藤丸の反応で──世界の隅っこが輝き出す日本植物学会賞特別賞受賞作。	207144-5

各書目の下段の数字はISBNコードです。978－4－12が省略してあります。

や-65-1
賢者の愛
山田詠美

想い人の諒一を奪った百合。復讐に燃える真由子は、二人の息子・直巳を手に入れると決意する――。『痴人の愛』に真っ向から挑む恋愛長篇。〈解説〉柚木麻子

206507-9

や-65-3
つみびと
山田詠美

灼熱の夏、彼女はなぜ幼な子二人を置き去りにしたのか。追い詰められた母親、痛ましいネグレクト死。圧巻の筆致で事件の深層を探る、迫真の長編小説。

207117-9

よ-25-4
海のふた
よしもとばなな

ふるさと西伊豆の小さな町は海も山も人もさびれてしまっていた。私はささやかな想いと夢を胸に大好きなかき氷屋を始めたが……。名嘉睦稔のカラー版画収録。

204697-9

よ-25-5
サウスポイント
よしもとばなな

初恋の少年に送った手紙の一節が、時を超えて私の耳に届いた。〈世界の果て〉で出会ったのは……。ハワイ島を舞台に、奇跡のような恋と魂の輝きを描いた物語。

205462-2

よ-43-2
怒り（上）
吉田修一

逃亡する殺人犯・山神はどこに？ 房総の港町で暮らす愛子、東京で広告の仕事をする優馬、沖縄の離島へ引越した泉の前に、それぞれ前歴不詳の男が現れる。

206213-9

よ-43-3
怒り（下）
吉田修一

田代が偽名を使っていると知った愛子、知らない女とカフェにいる直人を見た優馬、田中が残したものを発見した泉。三つの愛の運命は？ 衝撃のラスト。

206214-6

よ-43-4
新装版 静かな爆弾
吉田修一

テレビ局に勤める俊平と耳の不自由な響子。音のない世界に暮らす君に、この気持ちを伝えたい。言葉にならない思いが胸を震わす恋愛小説。〈解説〉宇垣美里

207185-8

よ-43-5
おかえり横道世之介
吉田修一

横道世之介、バブル最後の売り手市場に乗り遅れた二十四歳。人生のダメな時期にあっても、彼の周りには笑顔が絶えない。〈巻末対談〉沖田修一×高良健吾

207213-8